천마님,
부활
하셨도다

천마님, 부활하셨도다 13
정영교 新무협 판타지 소설

초판 1쇄 찍은 날 § 2018년 1월 25일
초판 1쇄 펴낸 날 § 2018년 2월 1일

지은이 § 정영교
펴낸이 § 서경석

편집책임 § 신보라

펴낸곳 § 도서출판 청어람
등록번호 § 제387-1999-000006호
등록일자 § 1999. 5. 31
어람번호 § 제2-2738호

주소 § 경기도 부천시 부일로 483번길 40 서경B/D 3F (우) 14640
전화 § 032-656-4452 팩스 § 032-656-4453
http://www.chungeoram.com
E-mail § chungeorambook@daum.net

ⓒ 정영교, 2017

ISBN 979-11-04-91630-4 04810
ISBN 979-11-04-91193-4 (세트)

천마님,
부활하셨도다

정영교 新무협 판타지 소설
FANTASTIC ORIENTAL HEROES

13

[완결]

도서출판
청어람

86장
천산(天山)

중원 북서단에 자리하고 있는 신강.

원래의 신강은 한나라 시절에는 서장 지역과 더불어 서역 도호부에 포함되었으나, 그 두 지역을 통합해서 묶기에는 너무나도 광활했기에 당나라 시절 돌궐을 비롯한 여러 부족과의 대립으로 북정대도호부 소속으로 있었다.

그러다 현재에 와서는 안서대도호부의 관할로 다스려지고 있었다.

현재의 신강은 중원 지역에서도 가장 많은 부족이 얽혀 있어서 안서대도호부 영향력이 큰 영향을 미치지 못하고 있는 실정이었다.

청해에서 가까운 동남쪽에 설치된 안서대도호부를 중심으로는 그 영향권이었으나, 신강의 동북부는 몽골 부족과 신강의 중앙 지역은 돌궐을 비롯한 여러 부족이 영역을 다투고 있었다.

서장조차도 세외 무림이 형성되었으나, 이곳 신강은 워낙 다양한 부족들이 거주하며 대립하는 지역이었기에 유일하게 무림의 손길이 미치지 않은 지역이기도 했다.

그렇게 각 부족민들의 격전지라 불리는 신강의 중심부를 가로지르는 대규모의 병력이 있었다.

그들은 약 사천여 명에 이르는 군세였는데, 각각 복색이 달라서 하나로 통일된 집단이 아니라는 것을 알 수 있었다.

이천여 명은 검은색 복장을 갖추고 있는 마교의 무사들이었고, 천여 명은 대다수가 은발의 여성들로 이루어진 북해 단가의 일족이었다.

십만대산에 와서도 백색 털옷을 입고 있던 단가 일족들은 비교적 후덥지근한 신강 지역으로 오면서 백색 무복으로 갈아입을 수밖에 없었다.

그리고 마지막 구백여 명 정도 되는 자들은 모두가 복색이 통일되지 않았는데, 정파와 사파를 묶어놓은 임시 연합체였다.

이들은 다름 아닌 마교의 금옥에 구금되었던 자들이다.

만박자 무명을 필두로 마교에 구금되어 있던 이들이 어째서 이곳 신강까지 진출해 있는 것일까?

그것은 한 달 전 만박자가 제안한 동맹이 성사되었기 때문이다.

정사 연합체의 맨 앞에서 말을 몰고 있는 만박자 무명의 표정이 그리 좋지 않았다.

'역시 천마 이자는 절대 누군가의 뜻대로 움직이는 자가 아니로구나.'

모든 것이 예상과 완전히 어긋나고 말았다.

대부분의 구금되었던 정사의 고수들과 무사들이 풀려났으나 이 자리에 유일하게 없는 자들이 있었으니, 그건 바로 검황의 전 제자인 석금명과 제갈세가의 사람들이었다.

'노부를 제외한 군사의 역할을 하는 자들을 전부 제외시켰다.'

천마는 동맹을 받아들였으나 신강으로 가는 자들 중에 만박자 무명을 제외한 두뇌를 쓰는 자들을 전부 일행에서 제외시켰다.

문제는 제외시킨 것으로 끝나지 않았다.

"석금명을 미끼로 쓰지 않겠다."

천마는 단순히 동맹을 받아들이는 것에 그치지 않고 조건을 하나 걸었다.

그중 하나가 석금명을 미끼로 무림맹을 끌어내는 것을 하지 않겠다는 것이다.

"하나 천마 공, 마교만의 힘으로는 무리요."

만박자 무명은 천마를 설득하기 위해 무림맹과 마교, 그리고 자신들의 전력이 전부 힘을 합치지 않으면 혈교의 남은 전력을 상대할 수 없다고 피력했으나 소용이 없었다.

"그러다가 무림맹에서 귀 교를 노린다면 어찌할 작정이시오?"

"훗, 그럴 일은 없을 거다."

오히려 천마는 대수롭지 않게 호언장담을 했다.

처음에는 도무지 그의 생각을 알 수 없던 무명은 천마의 철두철미함에 혀를 내두를 수밖에 없었다.

천마는 대다수 마교의 전력을 보존한 채 단 이천 명만을 차출해 왔다.

이들을 통솔하는 수뇌부는 각 대주들과 칠 장로인 철마권 모자웅뿐이었다.

심지어 동검귀 성진경마저 마교에 남았기 때문에 천극염을 비롯하여 오황이 두 명이나 버젓이 버티고 있는 마교를 공격하기에는 무림맹으로서도 부담이 되는 상황이었다.

'서독황과 북해의 세력을 가지고 있을 줄이야.'

만박자 무명이 전혀 상정하지 못한 전력이었다.

마교의 전력만으로 부족하다고 했더니 이를 반박하기라도

하듯 세외 세력을 동원했다.

'세 세력을 전부 상충시키는 책략은 물거품이 되었구나.'

무명으로서도 아쉬웠지만 그것은 포기할 수밖에 없었다.

그런데 여기서 무명조차도 모르고 있는 사실이 있었다.

천마가 혈교 토벌대를 꾸려서 신강으로 떠나고 며칠이 지난 후, 석금명을 비롯한 제갈세가의 사람들이 하남성에 있는 무림맹으로 압송되어 갔다.

그 행렬의 책임자는 놀랍게도 퇴왕 염사곤과 검황의 셋째 제자인 설유라였다.

태풍으로 해남도에 갇혀 있던 두 사람은 기어코 십만대산에 있는 마교의 성으로 오게 되었다.

설유라의 고집은 천마마저도 혀를 내두를 정도였다.

그런데 여기서 천마에게 좋은 수가 떠올랐다.

무차별적으로 마교를 향해 적의를 드러내고 지부들을 공격하는 무림맹의 시선을 돌릴 수 있는 방법을 말이다.

"계집, 내 부탁을 들어준다면 그때는 네가 원하는 것을 하나 들어주도록 하마."

설유라를 설득하는 것은 매우 간단했다.

"정말이죠? 그 말씀 꼭 지키셔야 해요?"

원하는 것을 하나 들어준다는 말에 설유라는 흔쾌히 천마의 부탁을 받아들였다.

단지 퇴왕 염사곤이 이를 탐탁하게 여기지 않았지만 천마의 부탁이 자신들의 누명을 벗을 수 있는 길이라는 것을 알고 나서는 동의할 수밖에 없었다.

열나흘 뒤, 석금명과 제갈세가의 사람들을 압송한 설유라와 염사곤은 무림맹에 도착하자마자 맹주인 검황을 알현하기를 청했다.

그들에게 크게 분노한 검황이었지만 설유라와 염사곤 등이 반역자인 석금명을 잡아왔다는 전보를 받고는 곧장 그들의 알현을 허락했다.

맹주의 집무실에서 수많은 서류를 살피는 검황은 노기를 감추지 못했다.

그 서류는 전부 해남도에 있던 것이었다.

서류에는 지금까지 무림에서 일어난 밝혀지지 않은 암략들이 전부 상세하게 적혀 있었고, 그 계획들로 인해 무림맹이 놀아난 사실이 여과 없이 드러났다.

가장 검황을 충격에 빠뜨린 사실은 둘째 제자이던 석금명의 정체였다.

"금명이… 해남파 장문인의 자식이라고?"

석금명을 그저 해남표국 출신으로만 알고 있던 검황은 당혹스러울 수밖에 없었다.

무림 일통이라는 패권을 위해 과감하게 자신들을 후원한 해남파를 멸문시킨 검황이지만 스스로도 부끄럽게 여긴 과거였다.

"허어, 모든 것이 이 늙은이의 업보란 말인가."

배후에 숨어서 무림맹을 움직이고 가지고 놀던 조직의 수뇌부 석금명.

그의 원한은 모두가 자신의 패권에서 비롯된 것이다.

여전히 야심과 패권을 가지고 있는 그였지만 과거와 달리 정도 무림을 대표하는 수장이 된 지금은 많은 것이 바뀌었다.

모든 진실을 알게 된 검황은 차마 석금명의 얼굴을 볼 수도, 죽일 수도 없었다.

은혜를 죽임으로 갚은 자신의 업을 후회했기 때문이다.

"유라와 염사곤 자네가 아니었다면 끝끝내 진실을 알지 못하고 놀아날 뻔했군. 본좌가 어리석었음을 사과하겠네."

검황은 진심으로 두 사람에게 자신의 잘못을 인정했다.

그리고 끝까지 자신을 믿고 이 같은 사실을 밝혀준 것에 대한 공로를 치하했다.

모든 진실을 알게 된 검황은 내부의 결속이 약하다는 사실을 깨달았기에 마교를 비롯한 다른 세력들과의 싸움이 무의미하다는 것을 알게 되었다.

검황은 전보를 보내 모든 문파의 수뇌부를 소집하여 공식적으로 마교에 전쟁을 선포한 것을 철회하고 내실을 다질 것을 공표하였다.

사파 연맹을 비롯하여 혈교와의 전쟁을 연달아 겪으며 많은 피를 흘린 각 문파들로서는 이러한 검황의 결정을 반기지 않을 수 없었다.

이 과정에서 검황은 무림의 배후를 움직이던 조직에 대해서는 끝끝내 공표하지 못했다. 그 모든 것이 자신의 업보에서 비롯되었다는 사실이 부끄러웠기 때문이다.

다만 이 조직과 관련된 자들을 용서할 수 없었기에 검황은 무림맹이 아닌 검문의 전력을 동원해 그들의 정보망을 와해하는 데 그 시선을 돌리게 되었다.

'천마 공, 대체 무슨 꿍꿍이요.'

중원과 한참 멀어져 신강으로 향하는 만박자 무명이 그것을 알 도리가 없었다.

만약 이 같은 사실을 알았다면 무명은 자신의 우책을 땅을 치고 후회했을 것이다.

두두두두!

"말발굽 소리?"

무명의 시선이 남쪽으로 향했다.

신강 지역으로 들어서면서 그동안 수차례나 부족들의 습격을 받았다.

처음 보는 군세를 경계한 돌궐이나 몽고의 부족들이 공격해 온 것이다.

하지만 무림인으로만 이루어진 군세를 그들이 상대할 수 있을 리가 만무했다.

몇 차례의 습격을 가볍게 패퇴시킨 이후로는 며칠 동안 그 공격이 잠잠한 차였다.

"천마 공!"

무명의 외침에 천마 역시도 시선이 자연스럽게 남쪽 방향으로 향했다.

남쪽 지평선에서 기마부대가 빠르게 그들을 향해 진격해 오고 있었다.

'수가 많다.'

얼핏 보아도 수천에 이르렀다.

신강 지역에 들어서면서 안서대도호부의 관인에게 각 부족들의 전쟁이 잦기 때문에 조심하라는 경고는 들었지만 이번에는 그 규모가 컸다.

천마가 손을 들어서 신호를 보내자 칠 장로 모자웅이 큰 목소리로 외쳤다.

"진군을 멈춰라! 남쪽으로 열의 방향을 틀어라!"

"남쪽으로 방향을 틀어라!"

외침이 이어지며 사천 명의 무사들이 일사불란하게 말의 방향을 틀었다.

다그닥 다그닥!

지평선에서 보이던 기마부대가 점차 가까워져 갔다.

활을 가지고 있던 무사들이 일제히 화살을 끼워 시위를 당겼다.

기마대가 가까워지는 순간에 활을 쏘아 기선을 제압하기 위해서였다.

두두두두두!

기마대가 다가올수록 땅의 진동 소리가 점차 커져갔다.

그때 누군가가 큰소리로 외쳤다.

"멈춰라! 화살을 쏘면 안 된다!"

걸걸한 목소리의 주인은 다름 아닌 서독황 구양경이었다.

구양경의 공력이 실린 큰 외침에 활의 시위를 당기던 무사들이 의아한 표정으로 어쩔 줄 몰라 했다.

'응?'

그런데 천마 역시도 기마대가 가까워지자 그 사이에서 뭔가를 발견했는지 칠 장로 모자웅에게 화살 쏘는 것을 중단하라 명했다.

"전 무사는 화살을 쏘지 마라!"

"화살을 쏘지 마라!"

가까워지는 기마대의 말발굽 소리에 불안함을 느꼈지만 명이 떨어졌기에 무사들은 시위를 당기던 화살을 통에 집어넣었다.

이윽고 수천에 이르는 기마대가 그들 앞에 도달했다.

일정한 간격을 두고 멈춘 기마대의 선두에 있던 흰 터번을 쓴 사내들이 말을 몰고 다가왔다.

그중에는 천마가 익히 알고 있는 중년인도 포함되어 있었다.

중년인은 바로 사월방의 방주인 오균이었다.

오균을 비롯한 흰 터번의 사내들은 자연스럽게 서독황 구양경의 앞으로 말을 몰고 와서 그에게 포권을 취했다.

"사월방의 방주인 오균이 장주를 뵙습니다."

"이도문의 문주인 성웅천이 장주를 뵙소."

"별사장의 장주입니다. 오랜만에 장주를 뵙습니다."

차례대로 인사를 올리는 그들은 남쪽인 서장을 주름잡는 방파, 문파의 수뇌부들이었다.

어떻게 그들은 이곳까지 병력을 이끌고 북상하게 된 것일까?

그 원인은 서독황 구양경에게 있었다.

"클클, 본 장주를 위해 이렇게 모여준 여러 수장분들께 이 구양가가 감사의 인사를 드리오."

"별말씀을 다 하십니다."

그들은 구양경의 소집을 받고 이곳 신강까지 오게 된 것이다.

천마에게 혈교의 근거지가 세외 지역인 신강에 있다는 이야기를 들은 구양경은 이참에 그들을 전부 쓸어버리고 백타산장으로 복귀해야겠다고 마음먹게 되었다.

오랜 기간 비워두어 서장의 패권을 잃을 것을 우려해서였다.

'허어, 서독황의 세력이었던가.'

이를 유심히 듣고 있던 만박자 무명은 내심 놀랐다.

서독황이 서무림의 패자인 것은 알고 있었지만 이 정도까지 영향력이 있을 줄은 몰랐다.

세외 무림에 대해서는 논외로 생각했는데, 이만큼의 힘을 지니고 있었으니 무림맹의 맹주인 검황이 토벌까지 시도하며 견제할 만도 했다.

"병력은 어떻게 되나?"

"각 방파가 모두 합쳐서 사천 명에 약간 못 미칩니다."

"흐음, 몇몇 방파가 빠졌군."

구양경이 원래 상정한 인원은 오천 명에서 육천 명인데 그에 훨씬 미치지 못했다.

자신이 한동안 백타산장을 비우면서 약해진 영향력 때문

이라고 여긴 구양경은 더더욱 빨리 서장으로 복귀해야겠다고 생각했다.

그래도 자신의 체면을 살려준 덕분에 의기양양해진 구양경이 천마를 쳐다보며 말했다.

"천마 공, 이 정도면 충분하겠소?"

큰 기대를 하지 않은 천마였기에 흡족한 눈빛으로 고개를 끄덕였다.

이로써 혈교 토벌대의 인원은 도합 팔천 명에 이르게 되었다.

천마를 비롯해 고수들은 충분했지만 무사들의 숫자가 부족하다고 여겼는데, 팔천 명이라면 충분히 혈교의 잔당을 상대할 구색은 갖춰진 셈이다.

신강은 다른 중원 전역을 통틀어서 서장과 비견될 만큼 무척이나 광활한 대지였다.

이곳의 기후는 중원과는 다르게 낮에는 굉장히 더운 기후였고, 밤에는 기온이 매우 차 시릴 정도였다.

더운 날씨에도 불구하고 산맥의 꼭대기 곳곳으로 녹지 않은 설경이 넓게 펼쳐져 기이한 광경을 자랑하고 있었다.

워낙 넓은 지역이고 무더운 날씨 때문에 걸어서 진군하는 데 있어 한계가 있었다. 그랬기에 낙타와 같은 탈 수 있는 짐승들은 필수였다.

중원에서처럼 역관이 있는 것은 아니었기 때문에 말을 주기적으로 쉬게 하면서 이동하다 보니 진군은 그리 빠르지 못했다.

산맥이 있는 지역을 통과한 혈교 토벌대는 북서쪽의 사막 지역에 도달하게 되었다.

서장 출신에게는 사막이 익숙했지만 북해의 단가 일족이나 최남단에 있는 십만대산의 마교인들, 각 정파와 사파의 사람들에게는 고문과도 같았다.

얼마 가지 못하고 열기에 쓰러지는 사람들까지 생겨날 정도였다.

그렇게 사흘가량을 천천히 이동한 끝에 황금 빛깔을 내뿜는 모래사막의 끝이 보이기 시작했다.

뜨겁던 햇살의 열기가 저물고 밤공기가 매섭게 차가워져 갔다.

팔천 명에 이르는 인원이 막사를 준비하며 야영 준비에 들어갔다.

모닥불을 피우고 식사 준비를 하는 동안 수뇌부는 막사 안에 모여서 대화를 나누었다.

바닥에는 신강 지역의 전도가 펼쳐져 있었다.

천마가 신강 서북쪽의 사막을 지나 자리하고 있는 천산(天

山)을 가리켰다.

"가장 유력한 곳이 이곳이다."

눈이 보이지 않는 만박자 무명이 물었다.

"어디를 가리키는 것이오?"

"천산이다."

신강의 뜨거운 사막의 끝이 다가오며 모두가 두 눈으로 거대한 설산을 볼 수 있었다.

황량하고 무더운 사막과는 전혀 어울리지 않는 광경이다.

천마는 하망초가 유일하게 자생하는 지역이 이곳 신강의 천산이라는 것을 토대로 혈교의 근거지를 추측하게 되었다.

반면 만박자 무명의 조직은 긴 세월 동안 혈교가 등장한 기록을 토대로 유일하게 모습을 드러내지 않은 신강 지역을 유력한 근거지로 판단했다.

'대단하다. 조직이 오랜 세월에 걸쳐서 알아낸 것을……'

무명으로서는 천마의 능력에 감탄할 수밖에 없었다.

물론 이렇게까지 혈교의 근거지를 추측하게 된 것에는 하망초라는 단서가 컸다.

하망초는 매우 독특한 기후 조건에서만 나는 독초이다.

이 독초는 무더운 신강의 사막과 차가운 설산의 경계면에서만 자생하기 때문에 대량으로 생산하기 위해서는 같은 장소를 이용할 수밖에 없다.

"흠, 근거지가 확연하게 좁혀지기는 했지만 저들을 좀 더 쉽게 찾을 수 있는 방법이 있으면 좋으련만."

서독황 구양경이 신음성을 흘리며 지도를 바라보았다.

야영을 하기 전에 멀리 보이는 천산의 산맥을 보았는데 그 거대함이 한눈에 들어오지 않을 정도였다.

차가운 눈으로 뒤덮인 광활한 천산 산맥을 수색하는 데만 상당한 시간이 소요될 게 틀림없었다.

그렇다고 대규모의 인원이 산개해서 추적했다가 만약 혈교의 습격이라도 받게 된다면 그들을 토벌하기는커녕 큰 타격을 받게 될 것이다.

"그 점은 걱정하지 않아도 될 듯하오."

만박자 무명의 말에 구양경이 의아한 표정을 지었다.

무명이 천마를 바라보며 물었다.

"공께서 그것을 가지고 있지 않소?"

그것이라는 말에 천마가 고개를 절레절레 흔들었다.

확실히 만박자 무명의 정보력은 전 중원을 아우를 만큼 뛰어났다.

설마 이것까지 알고 있을 줄은 몰랐다.

"가져와라."

천마의 말에 칠 장로 모자웅이 막사를 나가더니 천으로 둘러싸인 무언가를 들고 왔다.

둘러져 있던 천을 벗겨내자 그 안에서 소림이라고 음각이 새겨진 철갑이 모습을 드러냈다.

굳게 닫혀 있는 철갑이었지만 그곳에서는 묘한 현기가 피어오르고 있었다.

현기의 정체는 정순한 불심(佛心)이었다.

쏴아아아아아!

모자웅이 닫혀 있는 철갑의 상자를 열자 그 안에서 녹색 빛이 새어 나오며 중후한 불도의 기운이 막사 안으로 가득 퍼져 나갔다.

철갑 안에 있는 것은 바로 소림의 신기이자 방장의 신물인 녹옥불장이었다.

"노, 녹옥불장?"

구양경을 비롯한 정사 수뇌부의 눈이 휘둥그레졌다.

소림사에 있어야 할 녹옥불장을 그 반대 성향이라 할 수 있는 마교에서 들고 있으니 놀랄 만도 했다.

만박자 무명은 이미 이 사실을 알고 있었기에 태연하게 말했다.

"역시 녹옥불장을 받은 게 맞았구려."

사실 무명은 이것을 완벽하게 확신하고 있던 것은 아니다.

그들 조직이 알아낸 정보로는 동검귀 성진경이 소림의 백팔나한진과 겨뤄서 무승부를 이룬 후 무언가를 받았다는 것만 알고 있었다.

이것이 녹옥불장일 것이라고 짐작한 이유는 동검귀 진경이 천마의 수하로 들어갔다는 것 때문이다.

세간의 무림인들은 모르지만 천 년 전 혈교의 혈겁을 통해 강시들을 겪은 세대인 만박자 무명은 녹옥불장이 불도의 신기로 사악한 기운이나 마기를 감지하는 데 탁월하다고 알고 있었다.

그래서 무명은 훗날 혈교의 근거지를 알아내기 위해 가장 필요한 물건으로 녹옥불장을 꼽았다.

'하지만 천마 공이 먼저 선수를 쳤지.'

녹옥불장이 천마의 손에 있음을 알게 된 무명은 혈교와의 마지막 종지부를 찍기 위해 마교와 손을 잡을 수밖에 없음을 깨닫게 되었다.

만약 녹옥불장을 자신들 조직에서 얻게 되었다면 대담하게 마교로 천마를 찾아가는 도박을 벌이진 않았을 것이다.

드르르르르!

철갑에서 모습을 드러낸 녹옥불장이 저절로 일어나며 미세하게 진동했다.

"오오오오!"

그 신묘한 모습에 모두의 입에서 탄성이 흘러나왔다.

녹옥불장의 지팡이 끝이 어딘가를 향하고 있었는데 그곳

은 서북쪽이었다.

"역시… 반응하는군."

"대체 무엇에 반응하는 것이오?"

"혈마기."

소림의 신기인 녹옥불장은 사이한 기운이 가까워질수록 그 떨림이 강해진다.

불도의 기운이 높은 신기이기 때문에 바로 앞에 있을 경우에는 지팡이가 저절로 날아가 그 사악한 기운을 정화시키려고까지 한다.

신묘함에 놀란 것도 잠시였고, 구양경이 의아한 눈빛으로 물었다.

"소림의 신기는 마기나 사악한 기운에 반응한다고 들었는데, 귀 교의 사람들에게 반응하는 것이 아니오?"

이것은 마교의 교인 중에 마기를 가진 무인들을 우려한 탓이었다.

그 말에 대답한 것은 칠 장로인 모자웅이었다.

"그것은 걱정하지 않으셔도 됩니다. 이천 명을 차출한 기준이 마공을 익히지 않은 자들이니까요."

"호오, 만반의 준비를 하셨구려."

천마가 토벌대로 차출한 교인들은 전부 마공을 익히지 않았다.

혈마기의 흔적을 찾아야 하는데 마기를 가진 자들과 함께 하면 방해가 되기 때문이다.

그런데 한 가지 의문점이 더 있었다.

'그런데 왜 천마 공한테는 반응하지 않는 것이지?'

정작 마교의 시초이자 만마의 종주라 불리는 천마에게 녹옥불장은 아무런 반응을 하지 않고 있었다.

그것은 마도에 극에 이른 천마가 녹옥불장을 길들였기 때문이다.

음양이 조화를 이루듯이 상생의 묘리로 녹옥불장을 제압했기에 더 이상 신기가 천마를 해하지 않는 것이다.

'뭔가가 있겠지?'

무공이 대연경에 이른 천마이니 뭔가 남다를 것이라고만 짐작하는 구양경이다.

"그렇다면 답은 정해졌구려. 클클."

혈마기를 감지할 수 있는 녹옥불장이 있기에 이것을 따라가면 혈교의 근거지에 도달할 수 있으리라.

천산의 산맥을 바로 앞에 두고 있었기에 내일이 결전의 날이 될 것이다.

다음 날 이른 새벽.

빠르게 야영지를 정리한 혈교 토벌대가 진군을 시작했다.

얼마 지나지 않아 무더운 사막을 벗어나게 되었다.

사막을 벗어난 지 얼마 되지 않아 그렇게 무덥던 기온이 어느 순간부터 서늘해지며 추워지기까지 했다.

"허어, 정말 신기하구먼."

평생을 사막 지대에서 살아온 구양경이나 서장의 사람들에게는 신기한 일이었다.

이른 새벽이었기에 천산의 산맥은 안개로 자욱했다.

눈에 뒤덮인 산맥으로 들어가기 위해 말은 전부 산맥의 초입에 두고 진입하는 수밖에 없었다.

드르르르!

녹옥불장의 진동이 점점 강해져 가고 있었다.

선두에서 녹옥불장을 들고 있는 칠 장로 모자웅을 따라서 모두가 천산의 산맥으로 들어갔다. 산으로 들어가니 기온이 더욱 떨어지며 사람들의 입에서 하얀 입김이 흘러나왔다.

"으으으, 추워."

사막 지역에서 강하던 서장 지역의 무인들은 곤욕스러운 표정인 반면에, 북해의 단가 일족은 추위에 강했기에 점차 살아나고 있었다.

"아아! 이제 좀 살 것 같네!"

복장도 어느새 원래의 백색 털옷으로 갈아입고 가장 선두에서 앞서 나갔다.

사막에서는 선두를 달리던 서장의 무인들은 가장 뒤로 밀려나 겨우겨우 쫓아왔다.

한참을 설원의 산을 타고 산맥 깊숙이 들어가는 차였다.

'이상하다.'

갈수록 고지로 향하는데 천마가 이것을 기이하게 여겼다.

분명 녹옥불장을 따라서 가는 것이기에 틀릴 일은 없겠지만 산을 타고 들어갈수록 점점 고지가 아닌 산맥의 저지대로 향하고 있었다.

모두가 무공을 익힌 무림인들이니 가파른 산길이라고 해도 어려운 점은 없었지만 산세의 형태가 마치 둘러싸고 있는 형태가 되어갔다.

휘이이이잉!

"우웃!"

강한 바람에 차가운 눈서리가 몰아쳤다.

천마와 마찬가지로 뭔가 심상치 않다고 느낀 만박자 무명이나 서독황 구양경은 기감을 최대한 열고 주변을 경계했다.

그때였다.

천마가 다급한 목소리로 진군하는 행렬을 중지시켰다.

"모두 진군을 멈춰랏!!"

멈춰랏! 멈춰랏! 멈춰랏!

천마의 목소리가 메아리처럼 산을 타고 울리며 진군하던

수천 명의 무사들이 깜짝 놀라 자리에 멈춰 섰다.

대체 무슨 일이 일어났기에 진군을 멈추라고 한 것일까?

드르르르르르!!

가장 선두에 있는 칠 장로 모자웅의 손에 들려 있는 녹옥 불장이 심하게 흔들렸다.

눈서리가 몰아치고 안개로 뒤덮인 시야로는 사람은커녕 아무것도 보이지 않는데 이상한 일이었다.

"이, 이게 무슨……?"

그 순간 거대한 폭발음이 그들을 둘러싼 산맥 위에서 울려 퍼졌다.

콰쾅! 콰콰콰쾅!

강한 폭발과 함께 눈으로 뒤덮여 있던 산맥에 균열이 일어나고 지반이 무너져 내리며 순식간에 파도처럼 밀려 내려오기 시작했다.

"사, 산사태다!!"

"퇴각하라!!"

눈과 부러진 나무 등이 뒤섞인 산사태에 놀란 토벌대가 다급하게 소리를 지르며 미친 듯이 경공을 펼치며 돌아온 길로 퇴각을 시도했다.

그러나 그것은 또 다른 폭발음으로 인해 멈춰지고 말았다.

콰콰콰콰쾅!

퇴각로의 산맥 위에서 폭발이 일어나며 산사태가 일어나고
만 것이다.

　도망갈 퇴각로가 사라져 버리고 사면에서 덮쳐오는 산사태
에 모든 무인이 아연실색하고 말았다.

　"과연 그분의 말씀대로구나!"

　혈교의 백팔 대주 중의 하나인 혈향대의 대주 고양이 산맥
의 차가운 설원에 엎드려 아래를 내려다보았다.

　하얀 눈으로 뒤덮인 천산 산맥을 타고 들어오는 수천의 행
렬이 보였다.

　분명 불과 며칠 전만 하더라도 사천 명에 이르는 전력이라
고 들었는데 그 수가 거의 두 배 가까이 늘어나 있었다.

　"흥! 숫자가 아무리 많다 한들 상관없다."

　이미 그들은 자신들의 함정 속으로 점차 기어들어 오고 있
었다.

　산맥의 저지대로 내려가면 갈수록 더욱 죽음의 길로 들어
서는 것이나 마찬가지였다.

　그런데 어떻게 이들은 혈교 토벌대를 유인할 수 있었던 것
일까?

　그 비밀은 바로 토벌대가 향하는 그 지점의 끝에 있었다.

　천산 산맥의 저지대 끝에서는 수십 명의 혈교 무사들이 최

대한 혈마기를 끌어 올려 끊임없이 운기를 하고 있었다.

그것만으로 과연 유인이 될까 생각했는데 정말 저들이 고지대가 아닌 저지대로 향하고 있었다.

'저들에게 녹옥불장이 있는 것이 틀림없구나.'

과거 천 년 전에도 소림의 녹옥불장으로 인해 혈교는 꽤나 곤욕에 빠진 적이 있었다.

숨겨둔 강시들의 위치가 발각되거나 혈교의 근거지가 이런 식으로 추적되어 낭패를 보았다.

"우리가 역발상을 노릴 줄은 몰랐을 거다. 크크큭."

혈교인들의 대다수는 혈마기를 지니고 있다.

그러나 평소에는 혈마기를 강하게 내뿜는 짓은 하지 않는다.

하지만 과연 혈마기를 고의적으로 내뿜는다면 소림의 신기인 녹옥불장은 어떠한 곳으로 그들을 안내할까.

"대주, 반 정도 사정권에 진입했습니다!"

흰색 복면을 쓰고 있는 파란 혁대의 복면인 말에 고양이 고개를 끄덕였다.

조금만 있으면 저들의 전체 인원이 완벽하게 사정권에 들어서게 된다.

"거의 다 도착해 갑니다."

"임무를 맡은 세 사람을 제외하고 나머지는 철수시켜라."

"넵!"

대주의 명에 저지대 끝에서 대기하고 있던 혈향대 대원의 대다수가 철수했다.

목숨을 건 임무를 맡은 단 세 명의 대원만이 죽을힘을 다해 혈마기를 뿜어댈 뿐이었다.

드디어 혈교 토벌대가 그들의 사정권에 도달했다.

"개(開)!"

"넵!"

혈향 대주 고양의 명령에 옆에 있던 대원이 붉은 깃발을 들어 올리자 산맥의 고지대에서 순차적으로 붉은 깃발이 올라가며 신호가 전달되었다.

그 순간 혈교의 토벌대를 둘러싼 산맥의 고지대에서 동시다발적으로 폭탄이 터졌다.

콰르르쾅쾅! 쾅쾅!

폭발의 굉음과 함께 눈으로 뒤덮여 있던 산맥에 균열이 일어났다. 그러자 지반이 무너져 내리며 눈사태가 순식간에 파도처럼 밀려 내려갔다.

산사태다! 산사태다!

눈과 부러진 나무 등이 뒤섞인 산사태에 놀란 토벌대에서 다급한 외침들이 들려오며 그들이 퇴각로를 향해 경공을 펼치기 시작했다.

"보내줄 성싶으냐!"

콰콰콰콰쾅!

혈향 대주 고양의 말이 끝나는 것과 동시에 퇴각로의 있던 양쪽에서 강한 폭발과 함께 산사태가 일어났다.

"네놈들의 무덤은 이곳이다. 크크큭!"

도망갈 퇴각로가 사라져 버리고 사면에서 덮쳐오는 산사태에 토벌대는 우왕좌왕하며 가운데 지점으로 몰려들었다.

"안 돼!"

"살려줘어어어어!"

콰르르르르!

눈과 잔해물이 섞인 거대한 산사태는 바다의 해일처럼 순식간에 그들을 덮쳤다.

산 밑에서 울리던 비명 소리가 이내 산사태의 굉음에 묻히고 말았다.

한순간에 천산 산맥 아래의 저지대가 토설(土雪)로 뒤덮여 토벌대를 흔적도 보이지 않게 깔아뭉개 버렸다.

"와아아아아!"

산맥의 고지대에 있던 혈향대의 대원들이 환호성을 질렀다.

고양도 흡족한 얼굴로 저지대를 완전히 휩쓸어 버린 산사태의 처참한 흔적을 바라보았다.

단 세 명의 희생으로 한 번에 팔천 명에 이르는 토벌대를 제거했으니 혈교로서는 큰 수확이었다.

그러나 그들의 환호성은 그리 오래가지 못했다.

드르르르르!

갑자기 산맥의 저지대를 깔아뭉갠 토설이 들썩이기 시작했다.

들썩이는 진동에 새하얀 눈이 흩날렸다.

알 수 없는 현상에 함성을 질러대던 혈향대원들의 모든 시선이 산맥 아래로 향했다.

고오오오오오!

흩날리는 눈서리 사이로 미세한 검은 빛 입자들이 섞여 올라왔다.

하얀 눈서리와 대비되는 검은 입자들은 심연과도 같은 어둠의 기운을 품고 있었다.

혈향대원들은 본능적으로 이 기운이 무엇인지 알아챘다.

천 년 전부터 그들의 영혼에 각인된 공포였다.

"이, 이건… 설마?"

"마, 마기!!"

이 어둠을 머금은 기운은 분명 마기(魔氣)였다.

그들이 마기에 놀라는 그 순간, 저지대를 뒤덮고 있던 눈이 거대한 굉음과 함께 허공으로 솟구쳤다.

콰콰콰콰쾅!

그 순간 믿기 힘든 경악스러운 광경이 눈앞에서 펼쳐졌다.

검은 운무의 회오리가 산맥의 한가운데에서 솟구치며 그들을 뒤덮은 눈을 사방으로 날려 보내며 소멸시켰다.

펄럭펄럭!

이윽고 격렬하게 일어나던 검은 운무의 회오리가 가시며 그 한가운데서 누군가 모습을 드러냈다.

검은 장포를 펄럭이며 허공에 떠 있는 마신(魔神)과도 같은 자태.

그는 천마신교의 시초이자 마도의 대종주인 천마였다.

"와아아아아아아아!!"

"천마신교! 천천세!"

천마가 떠 있는 허공의 아래에서는 팔천 명에 이르는 토벌대가 미친 듯이 함성을 질러댔다.

하마터면 눈사태에 꼼짝없이 죽을 위기에 빠진 그들은 믿기 힘든 천마의 엄청난 힘에 의해 목숨을 구할 수 있었다.

전성기 때의 마기를 되찾은 천마의 능력은 가히 괴물이라 할 만했다.

"저, 저게 정녕 사람이란 말인가?"

완벽한 계획으로 짜인 유인계가 고작 단 한 사람의 능력으로 무용지물이 되고 말았다.

믿을 수 없는 광경에 혈향 대주 고양은 망연자실해 천마를 바라보았다.

그 순간 천마의 신형이 허공을 밟았다.

검은 운무가 천마가 발에 지지대를 만들어 허공으로 고요한 호수의 잔잔하게 일어나는 물결처럼 사방으로 퍼져 나갔다.

"이건 또 뭐야?"

검은 운무를 지지대 삼아 허공을 밟기 시작한 천마의 신형이 빠르게 위로 솟구치더니 산맥의 고지대를 향해 성큼성큼 뻗어왔다.

"어엇?"

"허, 허공답보?"

"허공답보다!!"

밑에서 바라보던 무림인들의 입에서 놀라움에 찬 탄성이 터져 나왔다.

허공답보(虛空踏步).

말 그대로 경공의 최고 경지에 이른 자가 허공을 걷는다는 경지이다.

눈 위를 자국 없이 걷는 답설무흔(踏雪無痕)과 물 위를 걷는 등평도수(登萍渡水)와 더불어 전설로 일컬어지는 경공이다.

하지만 이것은 중원 사람들이 세간의 무림인들에 대한 환상으로 경공에 대한 이야기가 과하게 부풀려진 전설이다.

그런데 눈앞에서 그런 전설 속의 경공을 천마가 선보였다.

물론 엄밀히 말한다면 허공답보가 아닌, 허공에 마기를 유형화시킨 검은 운무를 지지대 삼아 허공을 가로지른 것이다.

팍!

"어, 어떻게 내가 있는 위치를?"

순식간에 허공을 밟고 경공을 펼쳐 자신의 앞에 도달한 천마를 바라보며 혈향 대주 고양은 당혹감을 감추지 못했다.

산맥 고지대의 수많은 혈교인 중에 정확하게 대주인 그를 짚어냈다.

너무 놀란 나머지 고양은 대응이 늦어버렸다.

콱!

"크헉!"

천마가 번개처럼 그런 고양의 목을 움켜쥐었다.

목이 붙잡힌 혈향 대주는 당혹감에 공력을 끌어 올려 반항하려 했으나, 그의 목을 움켜쥔 천마의 공력과 격차가 너무 컸다.

화경의 경지에 올랐는데도 마치 거대한 바다에 양동이 물을 들이붓는 느낌이었다.

"지랄 떨지 마라."

우우우웅!

"끄아아아아악!"

천마의 손에 더욱 공력이 가해지자 혈향 대주는 전신을 부르르 떨더니 입에서 선혈이 흘러내렸다.

"잘도 함정을 팠겠다. 제법 머리를 굴렸어."

전성기 때의 마기를 회복하지 못했다면 하마터면 꼼짝도 하지 못하고 산사태에 묻힐 뻔했다.

이미 임무를 실패한 것도 모자라 천마의 괴물 같은 능력을 목격한 혈향 대주이다.

'믿을 수가 없다. 이놈이 이 정도로 괴물이었던가?'

천 년 전에도 공포를 기억할 만큼 그를 겪었지만 그때보다도 훨씬 더 괴물이었다.

당연히 그럴 만도 했다.

천 년 전 당시 혈교인들이 기억하는 천마의 무공 경지는 현경이었다.

그 경지만으로도 무적에 가까운 천마였는데 현재는 대연경의 경지에 이른 데다 그의 혼은 우화등선하여 반선(半仙)의 경지에 올라 있다.

"이런 수작을 부리는 걸 보면 네놈들의 근거지에 도착해 가는가 보군. 안 그래?"

"내 입으로 그걸 말할 것 같으냐?"

아무리 천마가 두려웠지만 정보를 누설할 마음은 추호도 없었다.

"훗, 상관없다."

"뭐?"

고양이 의아한 눈빛으로 반문했다.

고문을 하던지 어떤 방식으로든 정보를 알아내려 할 거라고 예상한 것과 달리 천마는 그럴 마음이 전혀 없었다.

타타타타탁!

천마의 손이 빠르게 움직이며 고양의 혈도를 짚었다.

마혈과 더불어 아혈이 점해진 고양은 몸이 굳어 움직일 수가 없었다.

입안도 움직일 수 없었기에 혀를 깨물어 자결할 수도 없게 되었다.

'이놈, 이게 무슨 짓이지?'

정보를 알아내지도 않는데 혈도를 점하고 살려두는 이유가 궁금했다.

그런 고양의 귀에 천마가 속삭이듯이 이죽거렸다.

"네놈들이 성공한 줄 알고 있다면 녹옥불장을 속이려는 짓거리는 하지 못하겠지."

그 말에 고양의 두 눈이 커졌다.

천마가 노리는 바가 설마 그것일 줄은 몰랐다.

빨리 혈향대원들에게 도망치게 하여 이 사실을 알려야 하는데, 이미 천마가 이끌고 온 혈교의 토벌대들이 고지대로 경공을 펼쳐서 올라와 그들을 제압하고 있었다.

'비, 빌어먹을!'

만의 하나 계획에 실패할 경우 추적을 막기 위해 여기서 목숨을 걸고 항전하라는 명을 받은 고양이다.

백 명에 이르는 혈향대원들은 그 명에 충실하게 누구 하나 도망치지 않고 그들을 향해 달려들었다.

"죽이지 마라! 살려서 제압해라!"

혈향 대주에게로 향하기 전에 이미 천마의 명을 받은 토벌대의 고수들은 수적인 우세를 이용해 혈향대원들을 하나둘씩 제압해 나갔다.

몇 번이나 죽고 나서 다시 부활하는 혈교인들에 대한 대비책을 미리 세워둔 천마와 토벌대의 고수들이다.

사실 대주나 부대주급 이상의 부활한 고수들이 아니면 죽인다고 해서 문제가 될 것은 없지만 모든 면에 철저하게 후환을 없애는 천마였다.

'이를 어찌한단 말인가.'

혈향 대주 고양의 눈빛이 절망으로 물들었다.

이러다간 정말 혈교의 근거지가 이들에게 발각될지도 몰랐다.

바로 그때였다.

"겁도 없이 천산을 올라온 적들을 없애라, 위대한 혈교의 전사들이여!"

"와아아아아아아아!!"

산맥에 울리는 사자후와 더불어 울려 퍼지는 함성에 혈향
대를 제압하고 있던 토벌대 고수들의 시선이 그곳으로 향했
다.

그들이 있는 산맥의 반대쪽 고지대에서 수천에 이르는 붉
은 복장을 한 혈교의 전사들이 경공을 펼치며 빠르게 진격해
오고 있었다.

그 모습에 천마가 입꼬리를 올리며 고개를 절레절레 흔들었
다.

"역시 네놈과의 머리싸움은 쉽게 끝나지 않는군."

석면이 수많은 촛불들로 둘러싸인 석실.

석실의 석좌에 앉아서 상체에 그림자가 드리워져 붉은 안
광만이 보이는 사내가 낮은 어조로 중얼거렸다.

"이곳 천산이 네놈과 나의 긴 악연의 종착점이다, 천마."

석면 전체를 가득히 밝히던 촛불은 절반 이상 꺼져 있다.

하남 무림맹 성에서의 전쟁으로 전력의 육 할 가까이 상실
한 혈교였지만 아직까지 삼대 세력과 겨룰 수 있을 만큼 건재
했다.

혈교의 최고 전력이라 할 수 있는 그 자신이 아직 움직이지

않았기 때문이다.

화르르륵!

벽면에 있는 촛불의 불꽃이 일렁이며 목숨을 건 전쟁이 시작되었음을 알려주고 있다.

천산의 남쪽 산맥에서는 격한 싸움이 벌어지고 있었다.

산맥의 서북쪽에서 나타난 오천 명의 혈교 전사들과 토벌대가 부딪쳤다.

챙챙챙!

눈서리가 몰아치는 천산 산맥의 고지대는 병장기 부딪치는 소리로 가득 찼다.

팔천 명에 이르는 토벌대의 전력보다는 수가 적었지만 혈교의 고수 보유량이 앞서기 때문에 양측은 백중세라 할 수 있었다.

그중의 백미는 두 절대 고수의 대결이다.

산맥의 봉우리를 넘나들며 보랏빛 빛줄기와 붉은 빛줄기가 끊임없이 부딪쳤다.

두 빛줄기의 대결은 그야말로 용호상박이었다.

"하압!"

파팍!

사장을 쥐고 있는 서독황 구양경의 독장이 붉은 가면을 쓴 일석의 붉은 뇌전을 뿜는 주먹과 맞부딪치며 서로가 튕겨져 나갔다.

"크윽!"

구양경의 양미간에 주름이 가득해졌다.

많은 고수들과 겨뤘지만 이 붉은 가면을 쓴 자는 천마를 제외한다면 단연코 최강이라고 할 만했다.

현경의 극을 이룬 후 누구도 자신의 상대가 되지 못할 거라 여긴 구양경이다.

하지만 이를 가볍게 비웃기라도 하듯 붉은 가면의 사내는 구양경의 모든 초식을 수월하게 막아내고 파훼할 만큼 뛰어난 무위를 지니고 있었다.

'까다롭다.'

더군다나 가장 최악인 것은 바로 상성 문제였다.

서독황 구양경의 독강은 모든 것을 용해시킬 만큼 강한 독기를 지녔다.

그 위력은 심지어 강기마저도 녹여낼 정도였으나 붉은 가면의 일석에게는 독강이 통하지 않았다.

붉은 뇌전이 실린 강기와 부딪치는 순간 독강이 상쇄되어 버렸다.

"클클, 신강까지 와서야 본 장주의 호적수를 만나게 된 건가."

동등한 실력이었기에 둘 중의 한 명이 조금이라도 실수를 한다면 빠르게 승부의 결착이 날 것이다.

붉은 가면의 일석 역시도 이를 확실하게 느끼고 있었다.

천마를 제외한다면 다른 자들을 상대하는 것에는 큰 어려움이 없을 거라는 예상과 다르게 서독황 구양경에게 발목이 잡혀 버렸다.

'이렇게 강할 줄이야.'

천 년 전의 구무림에서도 싸운 구양가의 선조와는 차원이 달랐다.

그때도 구양가의 무공인 합마공을 비롯한 여러 독공과 겨뤘는데, 구양경의 손에서 펼쳐지는 무공이 훨씬 강했다.

'서둘러야 하건만.'

여기서 구양경을 빨리 쓰러뜨려야만 했다.

그렇지 않는다면 전황이 당장에는 백중세라고 해도 밀릴지도 몰랐다.

아직까지는 그들이 잘 버티고 있었지만 뚫리기라도 한다면 위험한 대결이 남아 있었다.

'최대한 서두른다.'

일석이 신형을 번개처럼 튕기며 구양경을 향해 혈뇌권의 절초를 펼쳤다.

한편, 그들의 대결 못지않게 긴박하게 돌아가고 있는 곳이 있었다.

그곳은 바로 천마가 있는 곳이었다.

파파파팍!

열두 명의 혈교 백팔 대주들이 절묘하게 합을 이루며 천마를 압박하고 있었는데, 그 기세가 보통이 아니었다.

이들의 합공은 단순한 공격이 아닌, 검진을 이루고 있었는데 그것은 혈교의 흑마광풍진과 흡사했다.

'꽤나 준비를 많이 했군.'

천마가 고개를 절레절레 흔들었다.

아무리 천마라고 해도 화경의 고수 열두 명이 달려들 것은 예상하지 못했다.

그 정도 전력이라면 다른 곳에 투입해도 될 만큼 과감한 전략이라고 할 수도 있겠지만 실상 신의 한 수라고 할 수 있었다.

인간의 한계를 넘어선 최강자 천마를 묶어두기만 해도 전황 자체가 팽팽해졌다.

좌악! 콰콰콰콰콰쾅!

날카로운 강기가 스쳐 지나가며 산맥의 지반을 꿰뚫었다.

화경의 고수 두 명이 한 조가 되어 초식을 펼치는데, 그 위력은 현경의 극에 이른 고수가 펼치는 초식과 버금갈 정도였다.

'재미있군. 화경의 고수들이 펼치는 검진이라……'

열두 명이나 되는 화경의 고수와 동시에 겨뤄본 적은 없지만, 그들이 검진을 이루니 그 위력은 상상을 초월했다.

더군다나 화경급의 고수들이다 보니 그 움직임도 매우 쾌속했는데, 검진을 이루면서 틈을 내주지 않고 연달아 공격해왔다.

완벽한 합을 맞춘 검진에 천마조차 현천검을 뽑아야 할 정도였다.

채채채채채채챙!

지켜보는 이들이 어지러울 만큼 검이 끊임없이 부딪쳤다.

백팔 명의 일류 고수 이상으로만 이루어진 흑마광풍진보다 이 약식형 검진이 효율성이 훨씬 좋았다.

오히려 이 검진이 완성형이라고 보아도 무방할 만큼 검진에서는 빈틈을 찾기 힘들었다.

'처음부터 나를 상대할 것을 염두에 두고 만들었군.'

검진에서 펼쳐지는 합격 초식들을 잘 살펴보면 천마검법이나 현천유장과 완전히 상극을 이뤄서 초식이 연계가 되지 못하게 방해하고 있었다.

채챙!

열두 명의 백팔 대주 얼굴이 홍분의 도가니였다.

그분의 명이기에 그동안 열심히 검진을 익히기는 했지만 설마 자신들이 천마를 틈도 없이 몰아붙이는 상황이 발생할 거라고는 예상하지 못했다.

'잘하면 이길 수도 있을지 모른다!'

'절대 틈을 주면 안 돼!'

전의가 올라 더욱 기세를 높이는 열두 명의 합격에 천마의 눈빛은 담담했다.

오히려 날카롭게 검진을 살피며 그 허실을 찾아보려 했다.

하지만 열두 명의 화경의 고수가 펼치는 검진은 서로가 완벽하게 보완되었기에 그 틈이 존재하지 않았다.

진법이라는 것 자체가 다수의 사람들이 합공을 통해 모든 방위를 점해서 그 허점을 없애는 것인데, 일류나 절정도 아닌 화경의 고수가 펼치는 검진은 그야말로 최강이었다.

"파훼하는 것은 무리이겠군."

천마의 중얼거림에 백팔 대주 중의 한 사람인 호마 대주가 외쳤다.

"그분께서 만드신 혈마검진을 파훼하는 게 가능할 것 같으냐!"

채채채챙!

"혈마검진? 웃기는 이름을 붙였군."

"뭐? 감히 그분을 모욕하는 것이냐!"

천마의 비웃음에 열두 대주의 눈빛에 노기가 서렸다.

혈마검진의 합격 중에서 가장 위력이 강하면서도 살의가 짙은 절초를 펼쳤다.

열두 명이 동시에 전 방위를 향해 검초를 펼치는 순간 천마가 이죽거리는 목소리로 말했다.

"나를 상대로 동시에 공격하는 것은 피했어야지."

지금까지는 조 단위로 연달아 초식이 끊임없이 이어졌기에 허점들이 보완되었지만 동시에 초식을 펼치면서 그런 위험부담이 사라졌다.

"재밌는 걸 보여주마."

천마가 검을 위로 들어 올리자 현천검의 검신이 검게 물들었다.

원래부터 묵 빛을 띠는 검신이 완전히 검게 물들자 천마는 바닥을 향해 검을 내리꽂았다.

콱! 쩌저저저적!

그 순간 검이 꽂힌 바닥에 균열이 일어나더니 하얀 눈이 검게 물들며 눈서리가 흩날려 허공으로 떠올랐다.

불길함을 품으며 흩날리는 검은 눈서리가 사방으로 헤아릴 수 없는 검은 빛의 선을 그리며 뻗어나갔다.

촤촤촤촤촤촤악!

"아닛!"

"이, 이런!"

눈서리의 입자가 현천강기를 머금고 퍼져 나가자 경악한 열

두 대주는 합공을 펼치던 것을 멈추고 각자 검강을 형성해 검막을 만들어냈다.

채채채채채챙!

'이건 혈마검법의 혈천광세(血天光世)!'

그들의 눈이 틀리지 않았다면 이건 분명 혈마검법의 초식 중 하나인 혈천광세였다.

혈마기 대신에 마기가 실렸지만 동일한 초식이었다.

어째서 천마의 손에서 이 검초가 펼쳐지는 줄은 몰랐지만 이를 막아내지 못한다면 자신들이 몰살당할 것이다.

채채채챙!

바닥의 파편도 아닌 눈서리의 입자로 펼쳤기에 훨씬 정묘했다.

화경의 고수답게 검강으로 이를 막아냈지만 큰 문제가 있었다.

"내, 내공이 흩어져?"

열두 대주는 사방으로 퍼져 나가는 검은 서리 강기를 막을 때마다 검강을 형성하던 공력이 흩어지는 것을 느꼈다.

이것은 현천강기의 첫 번째인 분천(分天)의 경지가 실려 있기 때문이었다.

촤촤촤촤촤촥! 푸푸푸푸푹!

"크헉!"

"끄아아아악!"

내공이 흩어지니 검강을 유지할 수 있을 리가 만무했다.

순식간에 그들의 몸으로 수많은 현천강기가 형성한 빛줄기가 관통했다.

온몸에 미세한 구멍이 뚫린 여덟 명의 대주들은 전신에서 피를 흘리며 죽음을 맞이했다.

살아남은 네 명의 대주는 임기응변으로 반대 손으로 강기를 형성했기에 망정이지 하마터면 다른 대주들처럼 죽을 뻔했다.

남마 대주가 죽은 대주들을 망연자실하여 바라보다 이해할 수 없다는 목소리로 천마에게 소리쳤다.

"네놈이 어떻게 그분의 검초를 펼치는 것이냐?"

"그분의 검초?"

"방금 그건 분명 혈마검법의 혈천광세가 틀림없다!"

혈마검법이라는 말에 천마가 눈썹을 치켜 올라갔다.

방금 이 신기는 엄밀히 말한다면 초식이라기보다는 검으로 경지에 오른 자들이라면 충분히 펼칠 수 있는 기술이었다.

천마가 이것을 펼친 것은 만박자 무명이 검마와의 만남을 이야기했을 때를 떠올렸기 때문이다.

'혈마 놈에게 검법을 전수받았다는 건가? 그렇다면 역시 놈도 알고 있는 것일까?'

강한 불쾌함을 느낀 천마의 눈빛이 차갑게 식었다.

물씬 풍겨져 오는 살기에 네 대주의 얼굴에 당혹감이 서렸다.

열두 명이 혈마검진을 통해서 겨우 호각을 이뤘는데, 살아남은 네 명만으로 어찌해 볼 수 있는 적이 아니었다.

하지만 여기서 조금이라도 더 그를 막지 못한다면 대업은커녕 혈교가 위험해진다.

"크윽! 죽어랏!"

혈마검진을 펼칠 수가 없기에 어찌할 수 없음을 깨달은 네 명의 대주는 동시에 각자의 독문무공의 절초를 펼쳤다.

그 모습은 마치 범의 입으로 뛰어드는 꼴이었다.

"흥!"

그런 그들을 향해 콧방귀를 뀌며 천마가 현천검을 가볍게 휘둘렀다.

날카로운 예기를 머금은 검은 선이 그들을 스쳐 지나가며 네 대주의 목에 붉은 선이 생겨나더니 일순간에 머리가 날려갔다.

투투투툭!

머리를 잃고 절초를 펼치던 그들은 실이 끊어진 인형처럼 비틀거리다 이내 차가운 설원 바닥에 쓰러졌다.

근처에서 전투를 벌이던 혈교 전사들의 눈빛이 경악으로

물들었다.

방금 전까지만 해도 호각을 이뤄 싸우던 열두 대주들이 너무도 허무하게 목숨을 잃고 만 것이다.

"대, 대주들이 죽었어!"

"온다! 놈이 온다!"

야수의 목을 옥죄던 끈이 풀려 버렸다.

천마의 신형이 번개처럼 튕겨 나가며 한참 전투가 벌어지는 설원의 전장으로 향했다.

그가 일검을 휘두를 때마다 수십 명의 혈교 전사들의 목이 떨어져 나가며 그들의 전의를 상실케 만들었다.

그야말로 전장의 사신 그 자체였다.

87장
혈음강시

촤아아아!

서독황 구양경의 사장에서 뿜어져 나오는 보랏빛 독강이 산 중턱을 녹였다.

그 탓에 근처에서 싸우고 있던 아군과 혈교의 전사들 또한 독강에 맞고 순식간에 녹아버렸다.

'큭!'

이런 피해가 지속되니 토벌대의 무인들과 혈교인들 또한 최대한 그들을 피하려고 했다. 하나 두 절대 고수의 대결이 한 장소에서만 그치지 않는다는 것이 문제였다.

'쥐새끼 같은 놈!'

아군에게 피해를 줄 생각은 없었지만 붉은 가면 일석의 경공은 가히 현 무림에서 천하제일이라고 불러도 과언이 아닐 만큼 빨랐다.

전신에 붉은 뇌전을 두른 후부터는 육안으로 잡기 힘들 정도였다.

'어디냐?'

스스스스!

붉은 가면 일석의 신형이 움직일 때마다 붉은 빛의 잔상을 만들어냈다.

현경의 극에 이른 그는 혈마기와 뇌기를 섞은 두 가지 속성을 동시에 발휘할 수 있는 경이적인 능력자였다.

'뚫어야 하는데.'

일석의 혈뇌권 또한 강기로 그 파괴력이 굉장했지만 매번 절초를 펼칠 때마다 구양경의 몸에 두른 보랏빛 독강에 번번이 막혔다.

서로가 상극이기에 쉽게 결판을 내지 못했다.

그사이에 일석조차 예상하지 못한 일이 발생하고 말았다.

'이런!'

눈서리가 몰아치는 산맥의 곳곳에 폭풍이 몰아치듯이 혈교의 전사들을 누군가 무차별적으로 죽여 나가고 있었다.

그는 바로 천마였다.

분명 열두 명의 화경의 고수가 펼치는 혈마검진에 갇혀서 꼼짝하지 못해야 할 그가 언제 그들을 제압했는지 전장에 뛰어든 지 오래였다.

화경의 고수들조차 합공에 검진마저 펼치고도 어찌하지 못했는데 다른 혈교의 전사들이 천마를 막을 수 있을 리가 만무했다.

'큰일이다.'

일석의 눈빛에 당혹감이 서렸다.

원래의 계획과 전혀 다르게 돌아가고 있었다.

혈마검진을 통해 붙잡은 사이에 일석 자신이 위험해 보이는 고수들을 전부 제거하고 마지막에 합류하여 천마를 제거하는 것이었는데 오히려 반대 상황이 되고 말았다.

'이자는 천마 못지않게 위험해.'

더군다나 독공마저 쓰기에 살상력은 그 이상이었다.

엎친 데 덮친 격이라고 하던가.

경공을 펼치며 독강을 피하고 있는 일석의 뒤로 날카로운 예기가 느껴졌다.

촤악!

"헛!"

일석이 허리를 튕기며 앞으로 나아가던 신형을 회전해 멈쳤다.

조금만 더 앞으로 나아갔다면 그대로 검강에 직격당해 목이나 몸통이 베였을지도 모른다.

'누구? 아!'

검강이 날아온 방향을 쳐다본 일석의 눈매가 가늘어졌다.

얼굴을 붕대로 둘러싸고 두 눈이 없는 사내는 바로 만박자 무명이었다.

오랜 세월 동안 자신들 혈교를 배후에서 노려온 자들 중 가장 위험인물로 취급되는 자였다.

'저놈도 이곳에 있었단 말인가?'

혈교를 노리고 토벌대를 구성한 줄은 알았지만 가관도 아니었다.

혈뇌의 계략으로 남은 세력을 대다수 잃어서 더 이상 움직일 여력이 없다고 여겼는데 설마 마교와 결탁할 줄은 몰랐다.

"대부분의 고수는 전부 제거했소! 그대가 마지막이오!"

무명의 외침에 일석이 눈살을 찌푸렸다.

천마를 상대하고 있는 자들 이외에도 화경의 고수가 여섯 명이 더 존재했다.

그렇다면 만박자 무명은 그 틈에 그들을 제거했다는 말이 아닌가.

'낭패구나.'

이제 남은 인원 중에는 대주급의 고수가 전무하단 말이다.

전멸하는 것은 시간문제였다.

혼자서 절대 고수 두 명을 동시에 상대하는 것은 무리였다.

'됐다. 놈이 당황했으니 이 기회에 저자를 제압해야 한다.'

붉은 가면을 쓴 자는 분명 혈교의 삼혈로 중 수장이라 불리는 일석이 틀림없었다.

저자만 제압하거나 없애도 혈교의 잔당에게는 분명 큰 타격을 줄 수 있을 것이다.

탓!

무명의 신형이 하얀 눈 바닥을 박차며 허공으로 떠올라 일석에게로 쇄도했다.

이를 맞추기라도 한 것처럼 구양경 역시도 사장에 보랏빛 독강을 실어 일석을 향해 절초를 펼쳤다.

"하압!"

체공 중인 일석을 죽이기 위해 만근추를 펼쳤다.

무게가 늘어나자 일석의 신형이 빠르게 산 밑으로 떨어지기 시작했다.

"흥! 잔머리는!"

"피할 수 있을 것 같소?"

이에 구양경과 무명이 동시에 땅으로 떨어지는 일석을 향해 독강과 검강을 날렸다.

좌악!

두 현경의 고수가 펼치는 강기에 일석이 이를 꽉 물고 반탄 강기를 펼쳤다.

붉은 뇌전이 실린 반탄강기가 원의 형태로 형성되는 순간, 먼저 독강이 그것을 때렸다.

쾅!

"크윽!"

보랏빛 독강이 부딪치며 일석의 신형이 더욱 빠르게 낭떠러 지로 떨어져 갔다.

그것도 모자라 검강이 반탄강기에 이차적으로 가격되자 독 강에 잠식되어 겨우겨우 버티던 반탄강기에 균열이 일어나며 깨지려 했다.

쩌저저저적!

"안 돼!"

일석의 눈빛이 당혹감으로 물들었다.

보랏빛 독기를 막아내던 반탄강기가 깨지는 순간 일석은 그 여파를 고스란히 맞아야만 한다.

독기에 당한 상태로 추락한다면 죽음을 피할 수 없었다.

어떻게든 진기를 끌어 올려서라도 반탄강기를 유지하려던 일석의 노고는 소용이 없었다.

한 번 균열이 간 반탄강기는 타인의 강기마저 용해시켜 버리는 서독황의 진득한 보랏빛 독강에 의해 완전히 깨져 버리고 말았다.

쩌적!

"으헉!"

보랏빛 독기가 그를 덮치려는 순간, 예상지 못한 일이 일어났다.

탁!

누군가 빠르게 추락하는 일석을 낚아채며 보랏빛 독기에서 찰나의 순간 구해냈다.

하지만 추락하던 힘을 감당하지 못했는지 일석을 낚아챈 상태로 산맥의 한쪽 편으로 뒹굴어야만 했다.

쿠쿠쿠쿵!

수 바퀴 동안 바닥을 굴러대던 일석이 공력을 끌어 올려 겨우 그것을 멈출 수 있었다.

그 과정에서 그의 얼굴을 가리고 있던 붉은 가면은 부서진 지 오래였다.

가면 속에 드러난 일석은 삼십 대의 젊은 얼굴이었다.

"크윽! 누, 누구?"

일석은 위기의 순간에 자신을 구해낸 자를 찾았다.

그보다도 훨씬 먼 거리를 굴러서 몇 그루의 나무를 부러뜨리고서야 멈춘 자를 발견한 일석의 눈빛이 이채를 띠었다.

"허어, 결국 미완성품을 쓰는 것인가."

부러진 나무에 처박혀 있는 자는 한쪽 팔이 부러져 덜렁거리는데도 아무렇지도 않게 일어났다.

찰랑이는 은발에 하얀 피부, 붉은 안광이 선명한 중년의 여인이었다.

"구해준 사람한테 그런 말을 하는 건가요, 일석?"

익숙한 말투에 일석의 입꼬리가 올라갔다.

"삼석."

그녀는 다름 아닌 삼혈로 중 말석을 차지하고 있는 삼석이었다.

하남성 무림맹 성에서의 전쟁에서 천마에게 패해 육신을 잃은 그녀는 겨우 혼(魂)을 탈출시켜 새로운 육체를 얻을 수 있었다.

두두두두둑!

놀랍게도 얼마 있지 않아 부러진 그녀의 팔이 괴상하게 뒤틀리더니 뼈가 튀어나온 부분이 들어가면서 부러진 부분이 원상태로 돌아왔다.

"후우."

그녀 역시도 자신의 팔이 원상 복구되는 모습에 적응이 되지 않는 모양이다.

"재생 능력은 뛰어나군."

"미완성이라도 혈음강시는 혈음강시이니까요."

아무렇지도 않게 말을 했지만 그녀의 육신은 바로 강시 그 자체였다.

놀랍게도 살아 있는 육신이 아닌 죽은 육신에 혼을 깃들게 한 것이다.

그것은 죽은 자를 살리는 금지된 술법과 강시를 만들어내는 술법이 섞인 복합 결집체라 할 수 있었다.

"자네가 오긴 했지만 전황은 어찌할 수가 없다."

일석이 고개를 절레절레 흔들며 말했다.

이곳으로 출진한 백팔 대주들의 대다수가 천마의 손에 목숨을 잃었고, 그나마 쓸 만한 대주급의 고수들 역시도 만박자 무명의 손에 목숨을 잃었기 때문에 전황을 뒤집기가 힘들었다.

차라리 남은 자들을 이끌고 퇴각해서 본진의 남은 전력을 끌어 모아 방어를 해야만 그나마 저들을 막을 확률이 높아 보였다.

그런 일석의 말에 삼석이 의미심장한 미소를 지으며 위를 가리켰다.

위를 향해 쳐다보자 뭔가 수많은 인영이 산 위의 허공을 가로지르며 나타났다.

"아!"

어둡던 일석의 눈빛이 점차 되살아났다.

한편, 산맥의 위쪽에서는 수뇌부들을 해결하고 남은 혈교의 전사들을 처리하느라 정신이 없었다.

"한 놈도 남김없이 죽여라!"

"저들을 남겨두면 무림의 해악이 된다!"

"크악!"

혈교 전사들의 기본적인 무공 수위가 높은 편이었지만, 천마를 비롯한 서독황 구양경, 만박자 무명 등이 주도하여 그들을 몰살시켜 가니 빠르게 그 수가 줄어들었다.

'천마 공이나 서독황이 아니었다면 이렇게까지는 힘들었을 것이다.'

점차 승기가 보이자 만박자 무명은 가슴이 뛰었다.

오랜 세월 동안 기다려 온 혈교와의 최종 결착이 보이기 시작했다.

그렇게 한참을 싸워가던 중에 북쪽 부근에서 적들과 대치하던 토벌대의 무인들이 소리를 질렀다.

"적이다! 적이 나타났다!"

메아리처럼 울려 퍼지는 소리에 천마의 시선도 북쪽을 향했다.

천산 산맥의 북쪽 편에서 경공을 펼치며 빠른 속도로 접근해 오는 수백여 명의 적이 보였다.

숫자는 그리 많지 않았지만 그들의 등장으로 충격을 받은 자들이 있었다.

그들은 바로 북해의 단가 일족이었다.

"아, 아아!"

"이게 무슨……?"

추가 복병으로 나타난 수백여 명의 적은 전부 은발의 여인들이었는데, 그들은 단가 일족과 빼닮은 모습을 하고 있었다.

저 은발은 분명 설한신공을 익힌 자들이 가지는 특색이었다.

단가 일족의 대종사인 단가려의 눈빛이 흔들렸다.

'어, 어째서……?'

지금 나타나는 복병은 단가 일족과 관련 있는 자들이 틀림없었다.

단 하나 다른 점이 있다면 저들의 눈이 붉다는 것이었다.

"아군이다!"

"와아아아아아아!!"

"혈음강시다!!"

새롭게 나타난 은발 여인들을 보며 혈교의 전사들이 환호성을 외쳤다.

그들은 지금 나타난 저들이 무엇인지 알고 있는 듯했다.

혈음강시라고 불린 여인들이 이윽고 토벌대의 무인들이 있는 곳에 도달했다.

"제길, 끝이 없군."

"무슨 단일 세력에서 이렇게 많은 전력을 갖췄단 말이오."

사월방주 오균의 말에 이도문의 문주 성운천이 어이가 없다는 듯이 혀를 내둘렀다.

두 차례나 전투를 치르면서 거의 반 이상을 멸했다고 좋아하던 차다.

북쪽 부근에서 전투를 벌이던 서역 방파 무인들이다.

가장 먼저 새롭게 나타난 적을 맞이해야 하는 입장에서 복병은 사기를 떨어뜨리기 쉬웠다.

"적을 두려워하지 마라!"

성운천이 앞장서서 은발의 여인들에게 달려들었다.

멀리서 볼 때는 몰랐는데 이들의 모습이 북해 단가 일족과 비슷했기에 의아해할 수밖에 없었다.

'응? 이들의 모습이 어째……?'

하지만 분명 붉은 안광을 보면 혈교인이 틀림없었다.

잠시 비슷한 외모에 멈칫했지만 성운천은 휘두르던 양도를 멈추지 않고 선두에 있는 은발의 여인에게 휘둘렀다.

쨍그랑!

그 순간 성운천의 눈이 경악으로 물들었다.

"도, 도가……!"

초절정의 고수인 성운천의 도기가 실린 보도가 여인의 몸을 베지 못하고 힘없이 부러져 버리고 말았다.

그것도 모자라 은발의 여인은 재빨리 그의 목을 붙잡았다.

콱!

"헉!"

성운천이 내공을 끌어 올려 손아귀에서 빠져나오려 아등바등했지만 소용이 없었다.

은발의 여인은 무서운 괴력으로 성운천의 목을 꺾어버렸다.

콰득!

서역에서 한달음에 달려와 혈교와의 전쟁에 나선 이도문주의 허무한 최후였다.

은발의 여인은 감정이 없는 사람처럼 무표정하게 목이 꺾여 숨을 거둔 성운천의 시신을 낭떠러지로 던져 버렸다.

"운처어어어어언!!"

사월방주 오균의 목소리가 메아리가 되어 사방으로 퍼져나갔다.

친분이 있는 이도문주가 허무하게 죽음을 맞이했으니 어이가 없을 따름이다.

'저년들은 대체 뭐야?'

옷과 붉은 안광만 아니었다면 북해의 단가 일족이라고 해도 과언이 아닐 만큼 똑같았다.

은발의 여인들은 이도문주 성운천을 시작으로 북쪽 부근의 산맥에 있던 서역 방파의 무인들을 공격해 왔다.

초절정의 고수인 성운천이 너무나 쉽게 죽음을 맞이하자, 서역 방파의 무인들은 은발의 여인들을 상대하는 데 조심스러워질 수밖에 없었다.

콱! 푸직!

"크헉!"

은발 여인의 손이 한 무인의 가슴을 꿰뚫더니 심장을 빼냈다.

호리호리한 모습의 여인의 힘이라고는 믿기 힘들 정도의 무서운 괴력이었다.

"끄르르르르!"

무인은 자신의 심장이 빠져나가는 모습을 보고서 피거품을 물고 죽어갔다.

이것은 단지 시작에 불과했다.

은발의 여인들은 무차별적으로 공격하면서 잔인하게 무인들을 죽였다.

새하얀 피부에 표정 변화 한 번 보이지 않고 사람들을 죽여 나가는 모습은 가히 공포스러웠다.

마치 그들은 사람이 아닌 것처럼 보였다.

챙! 댕그랑!

"헉! 거, 검이 부러졌어!"

은발 여인들의 몸에 도와 검을 휘둘렀지만 그대로 부러져 나갔다.

금강불괴(金剛不壞)라고 해도 과언이 아닐 만큼 단단한 신체를 가진 그녀들이었다.

도검이 통하지 않는 수준이면 그나마 나을 것이다.

촤악!

"받아랏!"

사월방주 오균이 도를 뽑아 절초를 펼쳤다.

하얀 빛을 머금은 반월형의 도는 패도적인 기세로 은발 여인에게 쇄도했다.

솨솨솨솨솨!

그런데 은발 여인이 보법을 펼치며 사월방주의 도초를 피해 냈다.

심지어 요혈로 쇄도해 오는 도식을 주먹을 들어서 막았다.

도기가 실린 도에 부딪쳤는데 살이 베여 나가는 것이 아니라 오히려 단단한 쇠를 때린 것 같은 소리가 울려 퍼졌다.

댕!

"크윽! 무슨 몸이……!"

도병을 잡은 손이 떨릴 만큼 단단했다.

이미 성운천이 방심하다가 죽은 것을 보았기에 오균은 십성 공력을 끌어 올려 강기(强氣)에 가까울 정도의 도기를 발산시켰다.

촤아악!

전 공력을 집중한 때문인가.

처음으로 은발 여인의 몸에 도초가 적중했다.

뭔가 베었다는 감각에 뒤를 돌아 은발 여인을 쳐다본 오균의 눈빛이 경악으로 물들었다.

츄르륵! 츄르륵!

반쯤 잘려 나간 허리의 살점이 기이하게 꿈틀거리며 연결되더니 그대로 다시 붙어버리는 것이 아닌가.

"이, 이건 인간이 아니잖아!"

오균은 자신이 상대하고 있는 이 은발 여인이 인간이 아님을 확신했다.

그의 말대로 그녀들은 혈교에서 만들어낸 강시였다.

기존의 혈강시에 버금갈 정도의 단단한 육신과 귀강시의 재생력, 그리고 죽은 자의 혼이 들어가서 무공마저 펼칠 수 있는 최악의 강시인 혈음강시였다.

"키에에에엑!"

은발 여인이 괴상한 소리를 내지르며 빠르게 신형을 날려

오균의 가슴에 주먹을 날렸다.

퍽!

"크헉!"

주먹을 맞은 오균이 피를 토하며 뒤로 날려갔다.

정신이 혼미할 정도의 일격이었다.

이를 놓치지 않고 죽이겠다는 의지를 가졌는지 날아가서 눈 바닥을 뒹굴고 있는 오균에게로 신형을 날렸다.

바로 그 순간 은발 여인의 앞을 누군가가 가로막았다.

"키에에엑!"

팍! 콰지지지지직!

은발 여인이 그 존재를 향해 주먹을 휘둘렀으나 그녀가 휘두르던 주먹이 그대로 얼어붙어 버렸다.

사방으로 몰아치는 강대한 한기(寒氣).

차가운 설산을 더욱 냉랭하게 만들 정도의 강렬한 한기가 넓은 반경으로 발산되었다. 주변에 있는 모든 사람이 추위로 몸서리를 칠 정도였다.

혈음강시는 숨을 쉬지 않는지 입김이 나오지 않았다.

"키에에에엑!"

"역시 우리 일족의 육신이 틀림없구나."

은발의 혈음강시를 가로막은 자는 다름 아닌 단가의 대종사인 단가려였다.

분노로 극성의 설한신공을 발휘하는 그녀의 몸은 냉기 그 자체였다.

몇 십 년 전에 일족의 시신들을 가져간 이유가 설마 이런 괴물을 만들기 위함일 줄은 꿈에도 몰랐다.

"이 사악한 종자들!"

죽은 단가 일족 어른들의 시신을 농락하는 혈교를 용서할 수 없었다.

그런데 주먹이 얼어붙은 혈음강시의 몸에서 갑자기 차가운 한기가 쏟아져 나왔다.

쏴아아아아!

그 순간 얼어붙어 있던 얼음이 깨지며 혈음강시의 주먹이 단가려에게 쇄도했다.

다급하게 단가려가 설한신공이 실린 장법을 펼쳤으나, 오히려 그녀의 신형이 뒤로 밀려 나갔다.

"으윽!"

'내공과 외공이 보통이 아니다.'

혈음강시의 주먹에는 괴력에 가까운 힘과 내공이 실려 있었다.

문제는 이 내공의 출처가 혈교의 무공이 아닌 설한신공을 바탕으로 하고 있다는 점이었다.

혈음강시는 천음지체를 만드는 수라천음강시와 같은 원리

로 만들어졌는데, 후천적으로 설한신공을 통해 음기(陰氣)를 극성화시킨 단가 일족의 시신은 이를 양산하기 좋은 조건을 갖추고 있었다.

"용서할 수 없어!"

일족이 혈교에 이용당할 바에는 그 시신을 없애는 편이 나았다.

그녀가 허리춤에 차고 있던 검집에서 보검을 뽑아 새하얀 한기를 내뿜는 강기를 일으켰다.

혈강시의 육체에 비한다면 그 단단함의 강도가 약한 혈음강시였기에 강기를 보는 순간 이를 회피하려 했다.

"키에에엑!"

'강기를 알아본다는 건 자아가 있다는 소리다.'

단순히 강시나 괴물로 취급할 게 아니라는 의미였다.

단가려가 빠르게 신형을 움직이며 눈서리가 흩날리는 화려한 검초를 펼쳤다.

그녀의 쾌속한 검초가 도망치려 하는 혈음강시의 전신을 스치고 지나가며 요혈이 찔린 부위를 타고 냉기가 흘러들어 몸이 얼어붙었다.

쩌저저저적!

비록 음기가 강한 혈음강시라고 해도 설한신공을 극성으로 익힌 단가려의 한기가 그들보다 약할 리 없었다.

좌악!

그녀는 얼어붙은 혈음강시의 몸을 강기를 이용해 반으로 잘라냈다.

'죄송해요.'

몸이 반으로 쪼개지는 그 모습을 보며 단가려의 눈시울이 붉어졌다.

그때 동료의 죽음을 발견한 열 구가 넘는 혈음강시가 단가려를 향해 일제히 달려들었다.

혈음강시가 나타나면서 전황은 산맥의 북쪽 부근부터 시작해 조금씩 혈교가 우위를 점하기 시작했다.

혈음강시들에 의해 속수무책으로 토벌대의 무인들이 죽임을 당하자 동쪽 부근에서 적들을 상대하고 있던 서독황 구양경이 북쪽까지 산맥을 타고 넘어왔다.

"이젠 하다못해 이런 강시도 만들어내는구만. 클클."

쏴아아아! 쾅!

서독황의 구양경의 사장에서 나온 보랏빛 독강이 혈음강시의 육신을 뒤덮었다.

그의 독강이 휩쓸고 간 자리에는 살아 있는 것이든 아닌 것이든 무사한 흔적이 없었다.

북쪽 부근에 있는 토벌대의 절반 가까이가 죽임을 당했으니 사태가 얼마나 심각한지 알 수 있었다.

'저쪽이 시급해 보이는군.'

구양경의 눈에 혼자서 혈음강시들과 분전하고 있는 단가려가 보였다.

화경의 무위를 지닌 그녀의 주위로 몰려든 혈음강시들은 쉴 틈 없이 공격하며 단가려를 압박하고 있었다.

탓!

구양경이 그녀가 있는 쪽으로 경공을 날리는 찰나에 무언가가 그에게 쇄도해 왔다.

그것은 매우 빠르면서도 강렬했다.

파치치치치칙!

'헛?'

붉은 뇌전이 실린 권강에 허공으로 솟구치며 당황한 구양경이 다급히 보랏빛 독강을 밑으로 날려 이를 막아냈다.

쾅! 슉!

두 강기가 서로 부딪치며 상쇄되는 틈으로 누군가 뚫고 나와 구양경에게 수많은 잔상이 실린 권초를 날렸다.

그는 산맥의 낭떠러지로 떨어져서 죽었다고 생각한 삼혈로의 수장인 일석이었다.

붉은 가면을 쓰고 있지 않았지만 붉은 뇌전이 실린 권만 보아도 그라는 것을 알 수 있었다.

'이놈, 살아 있었구나!'

파파파팍!

구양경의 사장이 빠르게 회전하며 권초를 튕겨냈지만 일부는 막아내지 못했다.

잔상에 실린 주먹이 구양경의 우측 어깨와 복부를 강타했다.

퍼퍽!

"크헉!"

구양경의 입에서 선혈이 터져 나왔다.

신형이 무너진 구양경이 힘을 잃고 뒤로 날려갔다.

'이때다!'

그 틈을 놓치지 않고 일석이 구양경을 향해 양 주먹을 내질렀다.

폭풍과도 같은 위력을 지닌 붉은 뇌전의 권강이 구양경을 향해 일직선으로 뻗어왔다.

붉은 뇌전의 권강이 구양경을 관통하려는 순간이다.

촤악!

날카로운 예기가 실린 검은 선이 허공을 가르며 붉은 뇌전의 권강이 구양경에게 닿기 직전 끊어버렸다.

일석이 떨리는 눈빛으로 검은 선이 뻗어 나온 진원지를 노려보았다.

검은 빛으로 물든 현천검을 들고 흑색 장포를 걸친 사내가 보였다.

"천마!!"

그는 바로 천마였다.

남쪽의 산맥 쪽에서 백팔 대주 열두 명이 펼친 혈마검진을 파훼하고 그들을 없앤 천마는 근처에 있는 모든 혈교인을 깡그리 몰살시키고 이곳에 나타난 참이었다.

천마의 등장만으로도 일석의 눈빛에는 전에 없던 두려움과 분노라는 감정이 뒤섞였다.

"고맙소, 천마 공!"

하마터면 그대로 죽을 뻔한 구양경이 외쳤다.

일석의 권에 맞고 날려가는 힘이 강한 덕분에 산 밑으로 떨어지지 않고 용케 산맥 절벽에 부딪쳐 살아남을 수 있었다.

"붉은 뇌전이라……. 네놈, 삼혈로 중의 한 녀석이구나."

천마가 일석을 바라보며 이죽거리는 목소리로 말했다.

"천마, 이놈!"

허공에 체류 중이던 일석의 신형이 빠르게 잔상을 남기고는 이내 천마의 뒤쪽에서 나타나 살초를 펼쳤다.

경공만큼은 무림을 통틀어서 천하제일이라고 자부하는 일석이다.

움직일 때마다 잔상을 남길 정도로 빠른 경공이었기에 피할 수 없으리라 여겼지만 그것은 오산에 불과했다.

등 뒤로 혈뇌권의 살초가 닿으려는 순간 천마의 몸이 흩어졌다.

'이, 이건?'

그것은 이형환위(移形換位)의 수법이었다.

경공의 대가인 일석조차도 알아채지 못할 만큼 빠르게 움직여서 잔상을 남긴 것이다.

'나를 상대로 이형환위를!'

"어딜 한눈파는 거냐?"

그 순간 바로 옆에서 천마의 목소리와 함께 발차기가 날아와 일석의 머리를 강타했다.

어떻게 피할 틈도 없었다.

퍽!

"크헉!"

콰앙!

불의에 일격에 당한 일석의 몸이 튕겨져 나가며 차가운 산벽에 그대로 꽂히고 말았다.

발차기에 실린 공력이 워낙 강했기에 호신강기를 펼쳤어도 뇌가 울려 어지러움이 가시지 않았다.

천마는 그 틈을 놓치지 않고 마무리를 지으려 했다.

그때 일석의 앞으로 짙은 붉은 안광에 은발의 중년 여인이 나타나 천마를 가로막았다.

은발의 여인이 양손을 좌우로 교차하자 두 손이 붉게 물들며 혈옥수의 살초인 혈수파랑(血殊破浪)이 펼쳐지며 붉은 강기가 파도처럼 퍼져 나왔다.

'이건?'

천마가 현천검에 현천강기를 일으켜 붉은 강기의 파도를 베어냈다.

촤아아악! 콰콰콰쾅!

덕분에 파도처럼 퍼져 나가던 강기가 양옆으로 갈라져 한가운데를 제외하고는 부채 모양으로 초토화가 되고 말았다.

"…제가 협공해야 한다고 했죠?"

"그래, 삼석의 말이 맞군."

우드득!

겨우 어지러움이 가신 일석이 박혀 있던 벽면에서 걸어나오며 목을 돌려 몸을 풀었다.

일 대 일로는 절대로 저 괴물 같은 천마를 이길 수 없었다.

천마가 양 갈래의 파도 모양으로 퍼져 나간 파괴된 여파를 바라보았다.

중년의 은발 여인이 펼친 무공을 보는 순간 천마는 그것이 혈옥수임을 알아보았다.

삼혈로 중의 말석인 삼석이 쓰는 무공이었다.

'어떻게 살아 있는 거지? 다른 사람인가?'

분명 무림맹의 성 내에서 겨룬 당시 혼(魂)까지 분천의 힘으로 소멸시켰다.

하지만 분천의 힘은 인간의 혼을 완전히 소멸시키기에는 그 힘이 모자랐다.

극적으로 살아난 삼석은 겨우 탈출하여 혈교의 근거지로 혼을 옮길 수 있었다.

"천마아아아아!!"

삼석이 천마를 향해 포효하듯이 외쳤다.

쩌렁쩌렁하게 울려 퍼지는 그녀의 목소리를 듣는 순간 천마는 인상을 찡그렸다.

아무래도 그녀가 맞는 듯했다.

천마를 향한 그녀의 강한 분노와 집착만큼은 알아줘야 할 정도였다.

'생명력 하나는 끈질기군.'

엄밀히 이야기하자면 혈교의 금지된 술법으로 과도하게 죽음을 회피하고 있는 것이다.

인과를 무시한다는 것이 후에 어떤 영향을 미칠지도 모르고 말이다.

팟!

삼석의 신형이 빠른 속도로 천마를 향해 쇄도해 왔다.

천마의 바로 앞까지 순식간에 도달한 삼석은 혈옥수의 절초를 펼쳐서 그를 압박해 왔다.

그녀의 투명하면서도 붉게 물든 양손이 수많은 잔상을 만들어내며 천마의 전신 요혈을 공격했다.

'일단 현천유장으로.'

천마는 검을 들지 않은 왼손으로 부드러운 장결을 일으켰다.

그러나 그 기세는 절대로 부드럽지 않았다.

전성기의 마기와 공력을 되찾은 천마의 현천유장은 그야말로 웅장한 파도와도 같은 기세였다.

파파파파파팍!

혈옥수의 절초가 현천유장의 부드러우면서도 웅장한 장력에 휩쓸려 방향을 잃었다. 그에 실려 있던 강기가 사방으로 튕겨 나갔다.

콰콰콰콰콰쾅!

이리저리 뻗어나간 혈옥수의 강기에 산맥의 일부가 박살났다.

산사태라도 일어난 것처럼 발을 딛고 있던 지지대가 무너지자 주변에 있던 무인들이 피해를 보고 말았다.

"으아아아아아악!"

낭떠러지로 떨어지는 사람들도 적지 않았다.

그 때문에 그 주변에서 싸우던 토벌대의 무인들은 일제히 물러나야 했다.

괜히 절대 고수들의 싸움에 불똥이 튀어 죽는 것만큼은 사양하고 싶었다.

"최대한 떨어져라!"

"이 괴물들은 어찌하고……!"

죽음을 두려워하지 않는 혈음강시들이 퇴각하는 토벌대의 무인들에게로 달라붙었다.

초절정의 고수가 펼치는 공격이 아니고는 상처 하나 나지 않는 혈음강시들은 공포 그 자체였다.

"키에에에에엑!"

남쪽에 있는 혈교의 전사들을 정리하고 합류한 마교인들은 혈음강시에 당혹감을 감추지 못했다.

십만대산에 있는 마교의 성지로 침입한 강시들과는 비교도 안 되는 강함 때문이다.

신체의 단단함부터 시작해 빠른 재생력도 경이로웠지만, 이들이 여타의 강시들과 다른 점은 무림인 그 자체라는 사실이다.

강시가 무공을 펼치니 그 살상력은 가히 최악이라 할 수 있었다.

혈음강시 하나당 여러 명의 무인이 달라붙었는데도 오히려 밀리는 판국이다.

유일하게 다행인 점은 혈음강시가 여타의 강시들과 다르게 사람을 물려고 하지 않는다는 사실이다. 그 덕분에 강시의 개체수가 늘어나진 않았다.

"고수들 옆에서 싸워라!"

칠 장로 모자웅의 외침에 흩어져 싸우던 마교인들이 뭉쳤다.

적어도 초절정 이상의 고수들 곁에서 싸워야 조금이라도 버티면서 대항할 수 있었다.

한편, 동쪽 부근에서 싸우고 있던 만박자 무명이 사태의 시급함을 느꼈는지 북쪽 산맥으로 넘어와 합류했다.

"이제는 살아 있는 사람의 혼을 강시의 몸에 집어넣는 것이더냐!"

촤촤촤촤악!

무명이 검을 휘두르자 혈음강시의 몸이 잘게 갈라지며 사방으로 흩어졌다.

과연 현경의 경지에 오른 고수다운 검술 실력이었다.

혈음강시가 아무리 재생력이 강하다고는 하나 몸 전체가 산산조각이 나니 끊임없이 재생을 시도하다가 결국 움직임이 멎어들었다.

'까다롭구나.'

강기가 아니고는 제대로 된 상처조차 내기 힘들었다.

일반 무인들이 버티는 사이에 화경 이상의 고수들이 최대한 혈음강시의 숫자를 줄여 나가는 것 이외에는 방법이 없었다.

'서독황도 혈음강시들을 죽여가고 있구나.'

멀리서 독에 부식되는 소리가 들려왔다.

그들이 얼마나 빨리 혈음강시를 죽이느냐가 승패의 관건이었다.

"키에에에엑!"

"크으윽!"

혈교와의 전쟁에서 강시들에게 유독 강한 모습을 보인 북해 단가 일족도 혈음강시에게만큼은 약해질 수밖에 없었다.

"어, 어머님!"

왜냐하면 그들의 육신은 단가 일족의 선배이자 어머니였기 때문이다.

수십 년 전에 혈교의 습격으로 시신조차 찾을 수 없던 어머니들이 혈음강시가 되어서 습격하니 분노는 둘째 치고 차마 공격을 할 수가 없었다.

그로 인해 실제 모친의 손에 죽어가는 단가의 일족들이 생겨났다.

푹!

"아악!"

혈음강시의 잔인한 일수가 단가 일족 전사들의 몸을 관통했다.

죽음을 맞이하는 그녀들은 하나같이 눈물을 글썽이며 최후를 맞이했다.

잔인한 해후라 할 수 있었다.

"정신 차려라! 저들은 우리의 어머니들이 아니다! 악독한 혈교인들이란 말이닷!"

단가의 장로들이 소리를 지르며 단가 일족들을 일깨웠다.

혈음강시의 육신에 있는 혼은 그들의 모친이 아닌 혈교의 전사들이었다.

하지만 말처럼 쉬운 일이 아니었다.

모친에게 손을 써야 하는 심적인 고통을 이겨낸다고 해도 혈음강시들은 음기가 강해서 어지간한 설한신공의 위력에는 얼어붙지도 않았다.

'혈교! 이 악독한 것들!'

인간의 목숨을 우습게 여기는 것을 넘어서 인류마저도 희롱하는 혈교의 악독함에 토벌대의 무인들은 혀를 내두를 수밖에 없었다.

한편, 혼자서 열 명이 넘는 혈음강시를 상태로 고군분투하고 있는 단가의 대종사 단가려에게로 누군가가 쇄도해 왔다.

숙!

적이라고 생각해 방어하려 했지만 아니었다.

'구양 장주?'

그녀에게 나타난 사람은 바로 서독황 구양경이었다.

구양경은 그녀를 합공하던 혈음강시들을 향해 무차별적으로 사장을 휘두르며 보랏빛 독강을 날렸다.

촤아아아아아!

"키에에엑!"

구양경의 독강은 그야말로 파죽지세였다.

사장을 휘두를 때마다 혈음강시들이 독에 부식되어 녹아내리며 재생은커녕 그대로 사라져 버렸다.

설한신공에도 버텨내는 혈음강시였지만 독강만큼은 어찌할 수가 없었다.

강시들에게 있어서 그는 천적과도 같았다.

화경의 고수인 단가려마저도 고전하는 혈음강시들은 구양경에게 아이와도 같았다.

"키에에엑!"

그녀를 합공하던 혈음강시들이 일제히 구양경에게 달려들었다.

"클클클, 어리석도다!"

촤아아아아!

구양경이 몸을 회전하며 사장으로 독강의 회오리를 일으키자, 그를 향해 초식을 펼치며 달려든 혈음강시들이 그대로 녹아내렸다.

순식간에 그들을 없앤 구양경의 놀라운 신위에 단가려가 감탄을 금치 못했다.

"정말 대단하시군요, 구양 장주."

"클클클, 별말씀을 다 하시오, 대종사. 그럼 본 장주는 나머지 강시들을 처단하러 가리다."

"알겠습니다."

사태가 시급하기에 구양경은 곧장 다른 혈음강시들을 향해 경공을 날렸다.

서독황 구양경이 있어서 위기를 벗어날 수 있었지만 한편으로 마음이 아픈 것은 어쩔 수가 없었다.

일족인 선조들이 독에 부식되어 흔적도 남지 않고 녹아내렸으니 말이다.

하지만 여기서 마음이 약해지면 이런 악독한 짓을 한 혈교에 철퇴를 가할 수 없었다.

'반드시 그들을 멸해야 한다!'

마음을 다잡은 단가려가 전장으로 향하려 했다.

그 순간 하늘에서 붉은 뇌전이 사방으로 뻗어나가며 굉음이 터졌다.

콰콰콰쾅!

"이, 이게 무슨……!"

단가려가 놀란 얼굴로 그곳을 바라보았다.

천산 산맥의 허공을 관통한 거대한 붉은 뇌전에 북쪽 산맥의 봉우리 중 일부가 날려갔다.

인간이 펼친 무공이라고는 믿기 힘들 정도의 위력이었다.

"산봉우리가 날려가다니……!"

슈슈슈슈!

허공에 수십 개의 붉은 원형의 강기가 떠올랐다.

"저, 저게 강기라고?"

얼마만큼 내공이 강대해야 저런 강기의 무공을 펼칠 수 있단 말인가?

수십 개나 되는 붉은 원형의 강기는 혈옥수의 진수라 할 수 있었다.

허공을 수놓고 있는 붉은 원형의 강기들이 일제히 어딘가를 향해 날아갔다.

혈옥수의 붉은 강기들이 노리는 대상은 천산 산맥의 허공을 자유롭게 밟으며 경공을 펼치는 존재였다.

"죽어랏, 천마!"

"쯧, 틈을 주지 않는군."

천마가 쇄도해 오는 붉은 강기들을 보며 혀를 찼다.

경공을 펼쳐서 피하려고 해도 자신에게 바짝 붙어서 혈뇌권의 절초를 펼치는 일석 탓에 벗어나질 못하고 있었다.

파파파파팍!

"나를 붙잡아 둘 셈이냐?"

"천마 네놈을 이곳에서 죽일 수 있다면 값진 희생이지."

"부활 술법을 과신하는군."

혈교의 전사들은 기본적으로 죽음을 두려워하지 않았다.

그것은 혈교에 대한 광신도적인 충성보다도 죽더라도 언제든지 부활할 수 있다는 이점이 있기 때문이었다.

그사이에 혈옥수의 붉은 강기의 덩어리들이 코앞까지 다가왔다.

무슨 수를 써서라도 그를 붙잡으려 드는 일석을 천마가 부드러운 현천유장의 장결을 일으켜 혈뇌권을 힘을 이용해 밑으로 밀어냈다.

"귀찮게 굴지 말고 꺼져라!"

"크윽!"

유형화된 마기를 발판 삼아 허공을 활보하는 천마와 달리 디딜 곳이 없으면 경공을 펼칠 수가 없는 일석의 몸이 빠르게 낭떠러지로 떨어졌다.

그리고 재빨리 신형을 튼 천마가 현천검에 현천강기를 실어 쇄도해 오는 붉은 혈옥수의 강기를 향해 휘둘렀다.

좌좌좌좌악!

허공으로 날카로운 예기를 머금은 검은 선이 생겨나며 혈옥수의 강기들이 갈라졌다.

갈라진 혈옥수의 강기들은 현천강기의 분천(分天)의 힘에 의해 그 힘을 잃고 소멸했다.

"앗?"

삼석의 눈빛에 당혹감이 서렸다.

그 사이를 가로질러 천마가 허공에 체공 중인 삼석을 향해 현천강기가 실린 검을 휘둘렀다.

"젠장!"

"막을 수 있을 것 같으냐!"

천마가 휘두르는 검을 향해 삼석이 붉고 투명한 양팔을 교차해 방어를 시도했다.

그렇게 단단한 혈음강시의 육체였지만 천마의 현천강기가 실린 현천검이 닿는 순간 무가 썰리듯 팔이 잘려 나갔다.

좌악!

"꺄아아아아아아아악!"

혈음강시의 육체로 혼을 옮긴 뒤로는 고통에 무감각해진 삼석이었지만, 팔의 잘린 단면을 타고 흘러들어 오는 현천강기의 분천의 기운이 재생을 방해하면서 통증이 되살아났다.

"이번에도 살아나 봐라."

"아, 안 돼!"

삼석의 두 눈이 죽음에 대한 공포로 휩싸였다.

혼이 멸할 뻔한 적이 있었기에 그 두려움은 상상을 초월했다.

파치치치치칙!

천마가 마무리를 짓기 위해 현천강기에 파천(破天)의 기운을 실으려는 찰나, 산 밑에서 붉은 뇌전이 실린 강기가 용오름처럼 솟구쳐 올라왔다.

"후우, 틈을 주지 않는군."

천마는 그녀를 베려 하던 현첨검을 붉은 뇌전의 강기를 향해 휘둘렀다.

좌아아아악!

파천의 기운이 실린 현천강기가 밑으로 뻗어나가며 붉은 뇌전의 강기를 반 토막 냈다.

팍!

그 틈에 양팔이 잘린 삼석이 천마에게 두 발을 뻗어 그를 걷어찼다.

하지만 내공에서 밀렸기에 반탄력이 일어나며 도리어 튕겨져 나가 버렸다.

물론 그것을 노린 것이었다.

반탄력을 이용해 밀려난 삼석은 산 중턱으로 떨어졌다.

양팔이 잘려 나가 착지하는 자세가 불균형했기에 한참을 굴러야만 했다.

겨우 멈추게 된 삼석은 자신의 잘린 양팔의 단면을 바라보았다.

츄르르르륵!

원래는 빠르게 재생해야 할 팔이 움찔거리기만 할 뿐 아무런 변화가 없었다.

양팔이 재생되지 않는다면 혈옥수를 펼치는 것은 불가능했다.

"으으으! 천마 이놈!"

쿵쿵!

그녀는 화를 이기지 못하고 진각을 밟으며 발을 동동 굴렀다.

그나마 강시의 육체였기에 내공이 아닌 신력과 사기(死氣)로 돌아갔지만, 설마 마기가 그것마저 흩어지게 방해할 줄은 몰랐다.

'이게 정녕 인세의 힘이란 말인가?'

혈교의 금지된 술법은 인과율을 무시한 힘이라고 할 수 있었다.

그 힘은 인세의 것과는 관련이 멀었고 사악함이 가득했기에 정기가 높은 무공이라고 해도 상대하기가 껄끄러울 수밖에 없었다.

그런데 천마의 마기는 천기를 역행하고 인과율을 무시한 사기마저도 분해시켰다.

그의 현천강기는 인세의 것이 아니더라도 영향을 줄 만큼 강력했다.

이것은 절대로 인세에 있을 수 없는 힘이었다.

'있을 수 없어. 천마… 정말 선인이라도 되었단 말인가?'

사실 혈교 내에서도 천마의 부활은 많은 논란이 있었다.

금지된 부활 의식을 치렀다면 분명 붉은 동공이어야 하는데 전혀 그런 흔적도 없었다.

아무리 무공의 끝에 이르러도 천 년을 살아가는 것은 불가능했기에 가장 유력한 설은 우화등선하여 선인이 되었다는 것이다.

'마도를 지향한다는 자가 선인이라니 말이 되지 않아.'

그 말이 되지 않는 것을 천마는 이룩할 뻔했다.

바로 직전에 부활 의식이 이루어지면서 어이없게 실패했지만 말이다.

파파팍!

자신은 이탈했지만 일석이 여전히 천마를 상대로 분투하고 있었다.

하지만 둘이서 붙었을 때도 밀렸는데 얼마나 버틸 수 있을

지 장담하기 힘들었다.

"양팔이 없이는 도움이 될 수 없어."

재생을 할 수 없기에 그녀의 절기인 혈옥수도 펼칠 수 없었다.

도움이 되지 않는다는 생각에 삼석은 혈음강시의 육신을 버려야 하나 고민되었다.

바로 그때였다.

탓!

뒤에서 느껴지는 기척에 삼석이 고개를 돌렸다.

그녀의 바로 뒤에 나타난 자의 모습에 삼석의 눈에 이채가 띠었다.

차가운 눈서리가 몰아치는 설산에 어울리는 은발이 바람에 흩날리고 있었다.

삼석의 뒤로 나타난 자는 북해 단가 일족의 대종사 단가려였다.

"북해빙궁의 아이로구나."

천마를 상대하느라 북해 단가 일족이 토벌대와 함께한다는 것을 몰랐던 삼석이다.

그런데 서로를 마주 보고 있는 삼석과 단가려의 얼굴이 꽤나 닮아 있다.

모르는 사람이 본다면 자매라고 해도 믿을 정도였다.

단가려가 입술을 질끈 깨물며 분노에 찬 목소리로 중얼거렸다.

"…어머님."

그녀의 육신은 다름 아닌 전대 단가의 대종사 단미려였던 것이다.

혈음강시 중에서 가장 강력한 육신을 차지해 혼을 옮겼는데 그것이 바로 단미려의 육신이었다.

"어머니? 이 육신이 네 어미의 것인가 보구나."

삼석의 태연스러운 목소리에 단가려의 몸에서 강렬한 살기가 폭사되어 나왔다.

살기에 실린 기세만으로 삼석은 그녀의 경지를 파악할 수 있었다.

'적어도 화경의 경지에 올랐다.'

그것도 화경의 극에 가까워 보였다.

이를 알게 되자 삼석의 붉은 동공이 탐욕으로 물들었다.

그렇지 않아도 육신을 버려야 하는 상황이었는데, 저 육신을 얻어낸다면 현재보다도 더 완성도가 높은 혈음강시를 탄생시킬 수 있을 거라 생각되었다.

'몸 안의 힘이 계속 흩어지고 있으니 빠르게 제압한다.'

양팔의 잘린 단면을 기준으로 점점 사기가 흩어지면서 피부의 색이 변색되어 갔다.

완전히 힘을 잃기 전에 그녀를 제압해야 했다.

탓!

팔이 없다고는 하지만 천마만큼의 절대 고수가 아니라면 밀리지 않을 자신이 있었다.

혈옥수를 펼칠 수 없었지만 퇴법에 혈마기를 싣는다면 그 위력은 절대로 평범하지 않았다.

수많은 잔영을 만들어내는 붉은 빛이 서린 발차기가 단가려에게 쇄도했다.

"홍!"

단가려의 보검에서 새하얀 김과 함께 냉기가 흘러나오며 새하얀 빛의 강기가 형성되었다.

극성으로 설한신공을 끌어 올리게 되면 강기에 냉기가 실리게 된다.

이것을 본다면 설한신공의 창시자는 현경의 극에 오른 절대 고수임을 알 수 있었다.

좌좌좌좌악!

두 고수의 초식이 서로를 관통하며 짧은 찰나에 수십 수를 나누었다.

단가려의 신형이 흔들렸다.

"으윽!"

슈우우우!

왼쪽 어깨 쪽에서 붉은 수증기가 피어올랐다

삼석의 초식이 적중되면서 체내로 파고든 혈마기를 배출시키는 현상이었다.

그것만 본다면 밀린 것처럼 보였지만 결과는 달랐다.

쩌저저저적!

삼석의 몸 곳곳에 나 있는 검상과 함께 상처 부위가 얼어붙었다.

완전한 상태였다면 화경의 고수라고 할지라도 상대가 될 리가 없었지만, 양팔이 없는 것이 치명적인 빈틈을 만들어냈다.

상처의 고통보다도 삼석을 이해할 수 없게 만든 것이 있었다.

"하아, 제 어미의 몸에 이런 살수를 쓰다니 무정한 계집이구나."

설마 어머니라고 불러놓고 손에 사정을 두지 않고 살수를 펼칠 줄은 몰랐다.

더군다나 초식에 실린 기세는 목숨마저 아까워하지 않는 정도였다.

"무정? 망자를 희롱하는 너희 혈교 놈들에게 어머님을 욕보일 바에는 내 손으로 보내 드리려는 것이다!"

분노에 차서 소리를 지르는 단가려의 모습에 삼석의 눈매가 가늘어졌다.

목숨마저 개의치 않을 만큼 단가려의 전의는 최고조에 이르러 있었다.

'내 힘은 갈수록 빠지는데 저 계집은 점점 강해지고 있다. 큰일이다.'

혈음강시의 최고 장점은 몸 안에 있는 신력과 사기로 움직이기 때문에 내공처럼 소모가 되지 않는다는 점인데, 체내로 파고든 마기가 갈수록 그녀의 힘을 불로 태우듯이 증발시키고 있었다.

'속전속결이다!'

방법은 오직 하나뿐이었다.

빠르게 그녀를 제압해서 힘이 완전히 빠지기 전에 저 육신을 가지고 혈교로 복귀해야 했다.

"건방진 계집! 받아랏!"

삼석이 그녀를 향해 신형을 날렸다.

현경의 경지에 올랐던 고수답게 그녀는 퇴법으로 혈옥수의 초식을 펼쳤다.

손으로 펼치는 것보다는 정교함이 떨어졌으나, 반대로 기세만큼은 패도적으로 바뀌었다.

'기세가 강하다. 그렇다면.'

단가려는 반대로 부드러운 검 초식을 펼쳤다.

부드럽게 펼치는 검 초식에 담긴 차가운 냉기가 서리 입자를 만들며 삼석의 패도적인 퇴법을 유연하게 감쌌다.

촤촤촤악!

마음이 급한 삼석과 달리 냉정함을 잃지 않은 단가려는 초식을 펼치는 삼석의 다리를 노렸다.

다리에 냉기가 서린 검강이 스치며 그 단단하던 혈음강시의 다리가 잘려 나갔다.

촤악!

"아아악!"

삼석의 입에서 비명이 터져 나왔다.

고통을 느껴야 하지 않는 잘린 다리에서 강한 통증을 느꼈기 때문이다.

쩌저저적!

잘린 단면 부위로 냉기가 파고들며 얼어붙기 시작했다.

삼석의 눈에 당혹감이 서렸다.

힘이 점점 흩어져 가는 것을 느꼈지만 다리마저도 고통이 느껴진다는 것은 이미 전 육신으로 마기가 퍼져 나간 것이 분명했다.

'안 돼. 도망쳐야 해.'

삼석의 눈에 서린 당혹감이 짙어졌다.

이대로라면 저 계집을 제압하기도 전에 먼저 죽을지도 몰랐다.

마기가 완전히 퍼져 나가기 전에 혼만이라도 빠져나가야 했다.

털썩!

갑자기 바닥에 주저앉은 삼석이 눈을 감고 무언가를 중얼거리기 시작했다.

'설마 저게 그분께서 말씀하신 행동인가?'

천산 산맥으로 들어서기 전에 천마가 토벌대의 수뇌부에게 당부한 것이 있다.

혈교의 고수들은 술법을 통해서 육신을 버리고 도망칠 수도 있으니 그것을 펼치기 전에 어떤 식으로든 제압하거나 죽여야 한다고 했다.

"홍! 누구 마음대로 도망치겠다는 것이냐!"

단가려가 날카로운 일갈을 내뱉으며 설한신공을 극성으로 끌어 올려 앉아서 주술을 외우고 있는 삼석의 머리를 붙잡았다.

"합!"

"아악!"

단가려가 차가운 내공을 집중하자 삼석이 놀라서 두 눈을 떴다.

냉기가 머릿속으로 파고들었기 때문이다.

"차, 차가워!!"

주술을 미처 다 외우기도 전에 냉기가 파고들자, 그녀의 머리로 새하얀 김이 올라오기 시작하더니 피부에 서리가 생겨나며 하얗게 변해갔다.

팔이라도 있으면 뿌리칠 수 있을 텐데 소용없었다.

'아, 안 돼!'

쩌저저저적!

순식간에 강렬한 냉기는 삼석의 머리를 얼려 버리고 말았다.

머리부터 목까지 완전히 얼어붙자 단가려의 눈시울이 붉어지며 눈물을 글썽였다.

냉정함을 유지하려고 노력했지만 자신의 어머니에게 손을 쓰는 것만 같아 너무도 마음이 아팠다.

'어머님, 죄송합니다. 부디 편안하세요.'

단가려가 결의에 찬 눈으로 보검을 휘둘러 얼어붙은 삼석의 목을 쳤다.

촤아아악! 데굴데굴!

얼어붙었던 삼석의 목이 갈라지며 머리가 힘없이 떨어져 바닥에 뒹굴었다.

방금 전까지만 해도 냉정함을 유지하던 그녀가 눈물을 터뜨리며 차가운 눈 바닥 위로 떨어진 어머니의 머리를 끌어안았다.

"아아아아아아아아아아악!!"

천산 산맥이 떠나가라 단가려는 오열했다.

혈교의 농락이라고는 하나 자식의 손으로 어미의 목을 베었으니 슬프고도 기구한 운명이라 할 수 있었다.

한편, 삼석이 빠진 상태에서 혼자서 천마를 상대로 고군분투하고 있는 일석은 단가려의 비통한 오열 소리에 놀라 그곳을 바라보았다.

'이럴 수가?'

팔이 잘려서 도망쳤으리라 생각한 삼석의 목이 잘려 있었다.

혼이라도 빠져나갔다면 살아남겠지만 단가려가 끌어안고 있는 얼음 덩어리는 분명 그녀의 머리가 틀림없었다.

'삼석이 완전히 소멸했단 말인가?'

완전히 죽기 전에 혼을 빼내지 못한다면 더 이상 부활할 수 없게 된다.

혈교를 지탱하는 삼혈로 중에 두 사람이 죽은 셈이다.

자신마저 여기서 죽음을 맞이하게 된다면 혈교는 수뇌부가 전부 죽게 되는 것이다.

'어, 어떻게든 도망쳐야 해.'

하지만 이 괴물을 상대로 어떻게 도망칠 수 있을까?

삼석이 없는 상태에서 혼자서 겨뤄야 했기에 현천강기와 직접적으로 부딪치는 것을 피하기 위해 최대한 강기의 무공을 펼쳐서 거리를 벌렸지만 족족 베어대는 통에 점점 육신에 과부하가 왔다.

그때 천마가 거리를 좁혀오던 것을 멈추고 일석을 향해 손을 뻗었다.

그러고는 뭔가를 잡아당기는 시늉을 했다.

'무슨 수작이지?'

전투 도중에 갑자기 멈춘 게 이상했다.

흠칫!

그렇게 의아해하는 찰나에 일석은 뒤쪽에서 느껴지는 흉흉한 기운에 놀라 다급히 몸을 돌렸다.

"이, 이건?"

거대한 흑색 운무가 파도처럼 일석을 덮쳐왔다.

그것은 유형화된 마기였다.

당황한 일석은 혈뇌권의 절초인 혈뇌번천(血雷煩天)을 펼치고 붉은 뇌전의 권강을 폭풍처럼 일으켜 덮쳐오는 흑색 운무에 대항했다.

파치치치치칙!

붉은 뇌전이 회오리를 치며 흑색 운무의 파도와 부딪쳐 팽팽하게 균형을 유지했다.

손을 뻗어서 끌어당기는 시늉을 한 것은 이를 위함이었던 것이다.

'하마터면 당할 뻔……'

푹!

"크헉!"

그 순간 날카로운 무언가가 일석의 등을 찔렀다.

일석은 자신의 가슴을 관통해서 튀어나온 검게 물든 검날을 내려다보았다.

그렇게 거리를 유지하려고 애를 썼는데 결국은 당했다.

"빌어먹을……"

"조만간에 그놈도 보내줄 테니 먼저 저승에 가서 기다려라."

천마의 이죽거리는 목소리에 일석이 핏줄이 선 눈으로 절규하듯이 외쳤다.

"처, 천마아아아아!"

팍! 촤아아아악!

천마가 냉정한 눈빛으로 검날을 수직으로 세워 힘껏 힘을 주었다.

"끄아아아아!"

날카로운 현천검이 위로 주욱 그어지며 그대로 일석의 머리가 반 토막으로 갈라졌다.

검게 물든 현천검의 현천강기에는 파천(破天)의 기운이 실려 있었기에 부활은 꿈도 꿀 수가 없었다.

그렇게 일석의 시신은 다시 한 번 차가운 천산 산맥의 낭떠러지로 떨어졌다.

이로써 혈교는 수뇌부인 삼혈로를 전부 잃고 말았다.

88장
천마 대 혈마

화르륵!

석좌의 그림자가 드리워진 넓은 석실.

석면을 가득 메우고 있던 촛불들이 쉬지 않고 꺼지더니 이내 한쪽 벽면은 꺼진 초 끝에서 피어오르는 아지랑이 같은 연기와 어둠만이 남고 말았다.

촛불이 꺼지는 것에 동요하지 않고 그저 주시하고 있던 붉은 안광이 흔들렸다.

그것은 석면의 가장 위층에 있던 삼혈로의 마지막 두 개의 촛불이 꺼졌기 때문이다.

혈교를 지탱하는 두 거물의 죽음은 다른 전력을 잃는 것보다도 치명적이라 할 수 있었다.

항상 냉철한 눈빛으로 일관하던 석좌의 남자가 흔들릴 만도 했다.

타타타탁!

석실의 입구에서 금색 혁대의 복면인이 다급하게 들어왔다.

"지존!"

"알고 있다."

삼혈로 중 하나인 삼석의 촛불이 꺼지면서 혈음강시들로도 천마와 토벌대를 막지 못했다는 것 정도는 알아챘다.

혈교에 남아 있는 전력의 육 할가량을 동원해 가며 천산 산맥에 묻으려고 했는데 결국 실패로 돌아가고 말았다.

오히려 그 전력을 전부 소진했다.

더군다나 그들을 보내면서 천산의 북쪽 부근에 혈교의 근거지가 있다는 사실마저 노출되었기 때문에 토벌대가 들이닥치는 것도 시간문제였다.

타타탁!

또 다른 금색 혁대의 복면인이 나타나 보고했다.

"지존, 적들이 빠르게 이곳으로 북진해 오고 있습니다."

삼혈로를 처단한 그들은 빠르게 남은 혈교의 전사들과 혈음강시를 처리했다.

산맥을 타고 오는 것이기 때문에 조금 지체되긴 하겠지만 반 시진도 채 되지 않아 들이닥칠 것이다.

"명을 내려주십시오!"

사 할에 불과한 전력이지만 이곳 근거지는 오랜 세월에 걸쳐서 기관진식 등과 수많은 함정이 설치되어 있기 때문에 방어진을 구축한다면 능히 만 명의 적도 막아낼 수 있을 만큼 요새이기도 했다.

붉은 안광을 내뿜는 눈매가 날카로워지며 그림자 속의 사내가 입을 열었다.

"제삼계(三計)를 발동한다."

"네?"

삼계라는 말에 금색 혁대 복면인들의 눈빛에 당혹감이 서렸다.

삼계는 이곳 근거지가 습격받아 위기의 순간에 발동할 수 있는 최후의 계로 자폭계(自爆計)라 불린다.

"삼, 삼계는……."

문제는 이 삼계를 발동하면 적들을 유인하기 위한 아군의 희생 또한 불가피하다는 것이다.

뛰어난 책사가 있는 적이라면 아군을 비운 뒤 공성계를 통해 자폭계를 가동한다면 함정을 눈치챌 확률이 높기 때문이다.

"입구 쪽으로 사천 명의 전사를 보내 방어하다 적당한 시점에 적을 대공동까지 유인한다."

대공동까지 쫓아오는 적들은 기관진식과 함정들을 통해 점차 숫자가 줄어들 것이다.

설사 천마가 있다고 하더라도 본인 혼자만이 최강의 무위를 지닌 절대자이지 다른 토벌대의 무사들이 강한 것은 아니었다.

"그, 그럼 나머지 전력은?"

사천 명을 희생시킨다고 했으니 남은 육천 명은 퇴각해야 맞았다.

입구 쪽이 아니더라도 내부에서 바깥으로 도망칠 수 있는 퇴각로가 있었다.

근거지와 아군을 희생시키면서까지 벌이는 계책이었기에 적어도 육천 명의 전력은 보존해야 그나마 훗날을 기약할 수 있었다.

"남은 육왕과 금마대, 주술사들을 제외한 전력을 공동에 복병으로 남긴다."

사내의 말에 금색 혁대 복면인들의 동공이 파르르 떨렸다.

그렇다면 남은 육천 명 중에서 오천 명 역시도 희생시키겠다는 것이다.

이렇게까지 하면서 적을 없앤다면 대계를 위한 그동안의 일련의 과정들이 허사가 될뿐더러 다시 재건하기까지 얼마나 시간이 걸릴지 알 수 없게 된다.

'천마 놈만 죽이더라도 희생시킨 전력의 값어치를 할 수 있다.'

붉은 안광의 사내의 목적은 오직 천마뿐이었다.

그 하나로 인해서 부활한 이래 수십 년 동안 세워온 무림 말살 계획이 모두 수포로 돌아갔다.

다른 자는 누구도 두렵지 않았지만 천마만큼은 반드시 없애야 했다.

그런데 명령을 내린 붉은 안광의 사내가 갑자기 상체를 비틀더니 두통이라도 일어난 사람처럼 머리를 부여잡았다.

"크옥!"

"지존, 괜찮으십니까?"

"크으윽! 다가오지 마라!"

사내가 손을 내밀어 거부하자 달려오던 금색 혁대 복면인들이 멈춰 섰다.

뭐가 그리 고통스러운지 머리를 붙잡고 한참 동안 비틀거리더니 이내 정신을 차렸다.

번쩍!

눈을 감고 있던 사내의 눈에서 강한 안광이 흘러나왔다.

방금 전과 같은 사람이 맞는 것인지 의문이 들 만큼 강한 위압감마저 풍기고 있었다.

"주군?"

얼마 전부터 자주 이런 변화를 보였기에 금색 혁대의 복면 인들은 불안한 눈빛으로 사내를 바라보았다.

석좌에 앉아 있던 사내가 드디어 몸을 일으켜 세웠다.

그러고는 방금 전에 내린 명령을 정정했다.

"방어선을 지키는 인원을 이천 명으로 줄이고 나머지 이천 명의 전사를 대공동에 복병으로 둔다. 그들의 위대한 희생으로 천마 놈을 죽이고 다시 본 교의 초석을 세운다."

"아아아!"

복면인들의 눈빛이 안도감으로 물들었다.

다시 그들이 알고 있는 원래의 지존으로 돌아왔다.

"자폭계가 진행되는 동안 남은 전력은 퇴각로로 빠져나간 다."

"충!"

"적이 오고 있다! 언제까지 늦장을 부릴 틈이 없다! 당장 실 시하라!"

"충!"

사내의 명에 그들이 산개했다.

석좌에 가려진 그림자 속에서 사내가 횃불이 일렁이는 공 간의 한가운데로 비틀거리며 걸어나왔다. 피로 물들인 것처럼

새빨간 머리카락이 찰랑이며 핏기가 없는 창백한 얼굴이 드러
났다.

두근두근!

심장이 강하게 요동쳤다.

사내는 자신의 왼쪽 가슴을 움켜잡으며 중얼거렸다.

"방해하지 마라. 네놈 못지않게 나도 놈과의 마지막 순간을
기다려 왔다."

한편, 반 시진도 채 되지 않아 토벌대의 인원은 천산 산맥
북쪽에 숨겨져 있는 혈교의 근거지로 들어가는 동굴의 입구
를 발견했다.

녹옥불장이 아니었다면 이렇게 빠르게 알아낼 수 없었을
것이다.

드르르!

녹옥불장 끝에서 은은한 녹색 빛이 흘러나오며 떨림이 점
차 강해지고 있었다.

"이곳이 맞는 것 같습니다!"

"드디어 그들의 근거지인가!"

"와아아아아아!!"

여기저기에서 함성이 터져 나왔다.

칠 장로 모자웅의 외침에 토벌대 무사들의 분위기가 크게

고조되었다.

팔천 명에 이르던 혈교 토벌대의 인원이 천산 산맥에서의 전투로 많은 희생자가 발생하여 오천 명으로 줄어 있었지만 사기만큼은 극으로 올랐다.

"정말 크구나."

천산 산맥을 관통할 것 같은 이 거대한 동굴이 이런 협곡의 안쪽에 숨어 있을 거라고 누가 생각이나 했겠는가.

이 정도라면 천연의 요새와도 같은 곳이다.

'더 이상의 방해나 복병이 없다는 것은 남은 전력으로 방어에 집중하겠다는 뜻이겠지. 이제 얼마 남지 않았다.'

오랜만에 만박자 무명의 입꼬리가 올라가며 떨려왔다.

수십 년을 기다려 온 목적이 코앞으로 다가오자 기쁠 수밖에 없었다.

그렇다고 해도 방심은 금물이었다.

마지막 방어선인 만큼 혈교도 전력을 다해 방어할 것이다.

쿵쿵! 쿵쿵!

"응?"

그때 어두운 동굴 안쪽에서 수많은 인원이 오열을 맞춰서 걸어오는 소리가 들려왔다.

무명이 가장 선두에 서서 동굴 입구를 바라보고 있는 천마를 향해 외쳤다.

"천마 공, 적이오!"

"알고 있다."

만박자 무명이 느낀 것을 천마가 알아채지 못할 리 없었다.

동굴 안쪽에서 일사불란하게 나오는 기척을 감지했다.

이윽고 어두운 동굴 안쪽에서 동굴 입구 쪽을 가득 메울 만큼 수많은 혈교의 전사들이 나타나 무거운 철 방패를 들고 진을 쳤다.

'방패로 가렸지만 수가 그리 많지 않다.'

원영신을 개방한 천마의 눈에는 정확한 숫자가 보였다.

그들을 묘한 눈빛으로 바라보던 천마가 뒤에 있는 토벌대의 무사들에게 소리쳤다.

"토벌대의 전사들이여! 들어라! 오늘 우리는 사악한 적들을 섬멸시키고 혈교를 이 중원에서 멸망시킨다!"

"와아아아아아!"

"적을 섬멸시키자!"

혈교의 근거지라는 것을 알기에 사기가 최고조로 올라 있던 토벌대의 무사들이 함성을 내지르며 앞으로 돌격했다.

'온다.'

수많은 무사들이 경공을 펼치며 달려들자, 입구에서 방패를 들고 있는 혈교 전사들의 눈빛에 강한 긴장감이 서렸다.

그들은 희생을 각오한 혈교의 전사들이었다.

죽음을 무릅쓰고 적들을 상대하다 내부로 유인하는 목적을 지닌 자들이다.

혈교의 마지막 계책인 제삼계가 발동하게 된다면 이곳에 발을 들인 자는 누구도 예외 없이 죽게 될 것이다.

"죽는 한이 있더라도 무조건 막아랏!"

"와아아아아!"

대주들의 외침에 혈교의 전사들도 함성을 지르며 사기를 높였다.

드디어 양대 세력이 부딪쳤다.

쾅!

"우웃!"

검과 도를 휘두르는 토벌대의 무사들을 향해 혈교의 전사들이 철 방패에 내공을 실어 동시에 밀어냈다.

무구에 기(氣)를 두르고 있었는데, 방패를 뚫지 못하고 무사들이 도리어 튕겨 나갔다.

"이, 이건 설마?"

"한철?"

철 방패는 평범한 것이 아니라 한철로 만들어진 것이었다.

어지간한 공력이 실린 공격은 그대로 흡수하는 한철이었기에 당연히 쉽게 방패를 깰 수가 없었다.

'북해와 중원에 있는 한철을 모아서 저런 방패를 만든 건가?'

북해에 있을 당시 혈교인들이 한철 같은 것도 전부 강탈했다고 들은 천마이다.

강기를 사용할 수 없는 무사들이 한철 방패를 깨기에는 너무 견고했다.

하지만 아무리 한철로 만든 방패라고 해도 현경의 고수들에게는 아무 의미가 없었다.

"클클클, 모두 비키게!"

촤아아아!

서독황 구양경이 경공을 펼치며 앞으로 치고 나가 보랏빛 독강이 실린 사장을 휘두르자 그의 앞에 있던 혈교의 전사들이 한철 방패와 함께 독기에 녹아내렸다.

"끄아아아악!"

"내, 내 몸이 녹아내려!"

구양경을 시작으로 만박자 무명을 비롯한 단가의 대종사인 단가려 역시도 검강으로 입구를 막고 있는 한철 방패를 갈라 버렸다.

"이때다!"

고수들이 나서서 방패진을 뚫자 그 틈을 놓치지 않고 토벌대의 무사들이 달려들었다.

밀려드는 토벌대 무사들의 기세에 점차 혈교의 전사들이 뒤로 밀렸다.

기를 쓰고 막으려 했지만 두 배가 넘는 인원이 밀어붙이니 당연히 밀릴 수밖에 없었다.

"막아라! 무조건 막아야 한다!"

대주들의 외침에 혈교의 전사들은 칼에 찔리고 죽어가면서도 이를 악물고 버텼다.

죽음을 각오한 그들에게 두려움 따위는 없었다.

그렇게 얼마 지나지 않아 절반 가까이 혈교의 전사들이 죽어나가며 방어진은 어느새 동굴의 안쪽까지 밀려갔다.

'됐다. 이제 때가 되었다.'

이미 대다수의 토벌대 인원이 동굴의 안쪽으로 진입한 것을 확인한 혈교의 대주들이 서로에게 전음을 보냈다.

그러고는 전사들을 향해 큰 목소리로 외쳤다.

"퇴각하라! 퇴각하라!"

대주들의 명령에 혈교의 전사들이 기다렸다는 듯이 뒤를 돌아 퇴각을 시도했다.

퇴각하는 적들의 모습에 기세가 오른 토벌대의 무사들이 외쳤다.

"쫓아라! 당장 쫓아가 적을 섬멸시켜라!"

이천 명의 전사 가운데 삼 할가량을 희생시켰다.

희생과 적절한 유도 끝에 충분하다고 판단한 혈교의 전사들은 퇴각을 시도했다.

아니나 다를까, 그들이 동굴 안쪽으로 퇴각을 시도하자 기세가 오른 토벌대의 무인들이 그들을 쫓으려 했다.

그 모습에 혈교의 대주들이 회심의 미소를 지었다.

한편, 동굴 깊숙이에 자리한 혈교의 근거지 내부에서는 숨겨진 퇴각로에 남아 있던 혈교의 잔존 병력이 빠르게 열을 맞춰 나가고 있었다.

퇴각로의 출구가 좁기 때문에 한 줄로 이동할 수밖에 없었다.

"서둘러라! 지금쯤 적들이 내부로 진입했을 것이다!"

"충!"

육천 명에 이르는 병력이 빠져나가는 사이에 남은 이천여 명의 전사들은 근거지의 곳곳에 폭약을 설치하며 준비를 해 나갔다.

동굴을 지탱하는 기둥들이 부서지면 근거지 전체가 내려앉는다.

제삼계인 자폭계는 적들을 근거지 내부로 끌어들인 후 이곳을 무너뜨려 생매장시켜 버리는 것이다.

'이것만큼은 네 의견에 동의한다.'

가장 먼저 퇴각로를 통해 근거지가 있는 산봉우리의 뒤편으로 빠져나온 새빨간 머리카락을 길게 늘어뜨린 혈마가 줄을 지어 출구로 나오는 혈교의 전사들을 바라보며 생각했다.

'불가피한 희생이다.'

아군의 일부를 희생시켜야 했지만, 자폭계를 통해 천마를 비롯한 토벌대를 죽일 수 있다면 절대로 아까운 희생이 아니었다.

적어도 그들을 속이려면 그럴듯한 병력이 필요했다.

'일각 전에 적들과 대치하고 있다는 보고를 받았으니 지금쯤 기관진식과 함정들에 걸려들어 인원이 계속 줄어들고 있겠군.'

동굴을 들어오는 길목마다 여러 기관진식과 함정이 있다.

수많은 세월에 걸쳐서 만들어졌고, 그중에는 만박자 무명이 세뇌되었을 당시 만든 것도 있어 꽤나 성가신 것도 많았다.

"서둘러라."

금색 혁대의 복면인들이 통로를 빠져나오는 그들을 재촉했다.

통로의 입구가 좁기 때문에 이 속도가 가장 최선이었지만, 곧 내부가 무너질 것이기에 서둘러야 했다.

이제 겨우 반 정도밖에 나오지 않았다.

그때였다.

고오오오오!

'응?'

혈마의 눈동자가 흔들렸다.

멀지 않은 곳에서 사방의 대자연의 기운이 크게 요동치는 것이 느껴졌다.

한 곳으로 몰려드는 대자연의 기운은 어느새 대기를 비틀며 폭발할 것 같은 거대한 역량으로 바뀌고 있었다.

'설마?'

바로 그 순간 천산 산맥 전체를 울릴 만큼 거대한 굉음이 터져 나왔다.

콰아아아아아앙!

"이, 이게 무슨 소리야!"

"설마 벌써 폭약을 터뜨린 건가?"

갑작스러운 굉음에 바깥으로 빠져나온 혈교인들이 우왕좌왕하며 당황했다.

그런데 굉음이 들리는 것과 동시에 근거지가 있는 산봉우리에 지진이라도 일어난 것처럼 진동이 일어났다.

쿠르르르르르!

산이 흔들리며 그 꼭대기부터 뒤덮고 있던 눈서리가 하얗게 일어났다.

먼지처럼 뿌옇게 일어난 눈서리는 하나의 전조에 불과했다.

강한 진동에 산 위에서부터 눈덩어리들이 크게 불어나며 눈사태로 번졌다.

"사, 산사태가! 빨리 물러나라!"

"도망쳐라! 앞쪽의 산으로 도망쳐!"

대주들의 외침에 퇴각로로 빠져나온 모든 혈교인이 허둥지둥 경공을 펼치며 눈사태가 일어나는 맞은편 산봉우리 쪽으로 대피했다.

콰르르르르르!

순식간에 산사태가 파도처럼 퇴각로 출구 앞을 뒤덮었다.

아직까지 절반이나 되는 전력이 빠져나오지 않았는데 갑작스럽게 벌어진 사태에 혈교인들은 당혹감을 감추지 못했다.

"대체 이게 무슨 일이야?"

"설마 벌써 폭발시켰단 말이야?"

아직 일각에서 이각 정도는 시간적 여유가 있었다.

겨우 살아남은 혈교인들은 지금의 사태가 일어난 것을 근거지 내부에서 원래의 계획보다도 빨리 폭발시켜서일 거라고 짐작했다.

'아니야. 내부에서 터진 게.'

반면 혈마의 생각은 달랐다.

그는 아직도 눈사태가 끊이지 않고 있는 산봉우리를 관통하듯이 노려보고 있었다.

고오오오오!

'아직이다.'

뚜렷하게 느껴졌다.

방금 전보다도 훨씬 강한 대자연의 기운이 밀집되고 있었다.

근거지가 있는 동굴 내부가 아닌 산봉우리 반대쪽에서 느껴졌다. 방금 전의 충격보다 훨씬 강한 제이파가 일어난다면 절대 눈사태 정도로 끝나지 않을 것이다.

"당장 본좌의 뒤로 물러나라!"

"추, 충!!"

혈마의 다급한 외침에 혈교인들은 영문을 모른 채 그의 뒤쪽으로 물러났다.

혈마가 눈사태가 일어나는 산맥을 향해 두 손을 들어 올리자 사방에 있던 눈서리가 회오리를 치듯 일어나더니 흰 입자들이 붉게 물들며 거대한 회오리를 만들어냈다.

휘이이이이이이이!

거대한 붉은 회오리가 그들이 서 있는 산봉우리와 눈사태가 일어나는 산봉우리 경계면에서 몰아치며 철벽처럼 그 앞을 가로막았다.

그 순간 또다시 거대한 굉음이 터져 나왔다.

콰아아아아아아앙!

조금 전과는 비교도 할 수 없는 크기였다.

"히익!"

고막을 울릴 만큼 강한 굉음에 일부 혈교인들은 당황한 나머지 귀를 막고 고개를 숙였다.

파아아아아악!

"회, 회오리가?"

혈교인들이 놀라서 소리쳤다.

눈사태가 일어나는 산봉우리의 경계면을 막고 있는 붉은 회오리가 굉음과 함께 그들이 있는 안쪽으로 크게 휘어졌다.

산봉우리 쪽에서 뭔가 거대한 충격파가 날아온 듯했다.

붉은 회오리를 일으키고 있는 혈마의 양손이 파르르 떨려 왔다.

슈우우우우!

좀 전과 다르게 한번 몰아친 충격파를 견뎌내고 나니 더 이상의 진동이 없었다.

혈마기로 회오리를 일으키던 혈마가 그것을 중지했다.

시야마저 막을 정도로 몰아치던 거대한 붉은 회오리가 언제 그랬냐는 듯이 금세 수그러들었다.

그렇게 눈앞이 드러난 순간, 혈교인들은 경악을 금치 못했다.

"이럴 수가?"

"마, 말도 안 돼!"

믿기지 않는 광경이 눈앞에 펼쳐져 있었다.

방금 전까지만 하더라도 위풍당당하게 있던 거대한 산봉우리가 통째로 사라졌다.

마치 거대한 유성우가 날아와 산봉우리를 날려 버린 것처럼 사라진 단면이 부서지고 파였다.

그런 그들의 눈에 사라진 산봉우리의 반대편이 보였다.

그 반대편에는 수천 명에 이르는 인파가 밀집해 있었다.

"저, 저들은?"

"내부로 들어온 게 아니었어?"

산봉우리의 반대편에 있는 자들의 복색은 분명 혈교 토벌대의 무사들이었다.

분명 유인책을 통해 동굴 내부로 침투했다고 알고 있는 그들이 어째서 멀쩡히 반대편에 있는 것일까?

으득!

혈마는 피가 날 정도로 입술을 세게 깨물었다.

아주 멀리서 자신을 향해 이죽거리는 천마의 얼굴이 뚜렷하게 보였다.

주먹을 뻗은 자세를 취하고 있는 것으로 보아 산봉우리가 통째로 날아간 것은 천마의 작품임이 틀림없었다.

'얕은 수작에 넘어갈 줄 알았다냐?'

이죽거리는 천마의 얼굴에 비웃음이 담겨 있다.

누가 보아도 유인책으로 보이는 뻔한 계책에 무림에서 세

손가락에 꼽히는 전략가인 천마나 만박자 무명이 쉽게 넘어갈
리가 없었다.

'같은 수법을 쓰다니 고루하군.'

천마는 저들이 쓰는 방법을 단순한 유인책으로 보지 않았
다.

전에도 천마는 퇴각하는 혈교의 잔당을 쫓다가 무너지는
지반에 깔려 죽을 뻔했다.

'단순한 복병이나 함정은 파헤칠 수 있다. 하나 만약 저들
이 근거지를 포기하고 무너뜨린다면?'

배후에 숨어서 무림을 절멸시키려 하는 혈교가 한 번 위치
가 들킨 근거지를 그대로 둘 리가 없었다.

천마는 이들이 분명 근거지를 버리고 유인책을 통해 내부
로 끌어들인 후 폭발시킬 거라고 확신했다.

토벌대의 무인들은 퇴각하는 적들을 쫓는 시늉만 하다 동
굴로 깊숙이 들어가지 않고 바깥으로 퇴각했다.

'만약 적들이 근거지를 버리면서까지 토벌대를 생매장시키
려 한다면 지금쯤 분명 숨겨진 퇴각로로 도망치고 있을 것이
다.'

무서울 정도로 정확하게 상황을 추리한 천마가 다음에 취
한 방법은 간단했다.

천마는 해남도에서 터득한 극한의 외공과 대자연의 묘리의

합일로 펼치는 완성된 투호권강을 펼쳤다.

오지산의 산봉우리마저 날려 보낸 투호권강의 위력은 가히 상상을 초월했다.

오지산보다도 훨씬 거대한 천산 산맥의 산봉우리를 단 일 권으로 삼분지의 일을 날려 버렸다.

그 여파로 산봉우리의 반대편에서 산사태가 일어난 것이다.

힘이 모자란 것을 알게 된 천마는 이번에는 대자연의 기운 뿐만이 아니라 마기마저 실어서 투호권강을 펼쳤다.

그 결과가 바로 눈앞에 통째로 날려가 휑하니 비어진 산의 단면이다.

"세상에!"

"산봉우리를 날려 버리다니?"

"이, 인간이 아니야. 괴물이야."

천마의 뒤쪽에 서 있는 토벌대의 무사들 역시도 경악한 나머지 어안이 벙벙했다.

이것은 일반 토벌대의 무사뿐만이 아니었다.

만박자 무명과 서독황 구양경 역시도 천마의 경탄스러운 힘에 혀를 내둘렀다.

'정녕 인간의 한계를 벗어났구나.'

'…도저히 따라잡을 수가 없다. 클클.'

자신들도 전력을 다한다면 작은 산봉우리를 부수는 게 불가능한 것은 아니었지만, 이 정도 규모의 산봉우리를 고작 두 번의 권으로 날려 보낼 순 없었다.

"아! 조사 어른! 저기 보입니다!"

칠 장로 모자웅이 강하게 떨리는 녹옥불장 끝으로 정면을 가리켰다.

토벌대 무사들의 눈에 뚫려 있는 산봉우리 반대편에 운집해 있는 붉은 복색의 삼천여 명의 인파가 보였다.

그들은 혈교의 전사들이 틀림없었다.

"혈마!"

천마의 눈에는 그들의 앞에 서 있는 새빨간 머리카락의 혈마가 가장 먼저 들어왔다.

그렇게 찾아 헤매던 혈마가 드디어 모습을 드러낸 것이다.

"저들이 진짜 마지막이다."

천마의 말에 그의 주변에 있던 수뇌부의 눈빛이 흥분으로 물들었다.

저들만 없앤다면 혈교의 모든 잔당을 처단하는 것이다.

그것은 이 긴 싸움의 여정이 끝남을 의미했다.

"혈교의 잔당을 물리치자!"

"이곳 천산이 저들의 무덤이다!"

"와아아아아아!"

사기가 오른 토벌대의 무사들이 큰 함성을 내질렀다.

여기에 모여 있는 대부분의 무인은 혈교로 인해 많은 고통과 피해를 입었다. 드디어 그 원한을 풀 수 있는 최후의 순간이 다가왔으니 기쁘지 않을 수가 없었다.

천마가 토벌대의 무인들에게 마지막 명령을 내렸다.

"돌격! 한 명도 남기지 말고 적들을 섬멸하라!"

"적들을 섬멸하자!"

천마의 말에 토벌대의 무인들이 복창하며 일제히 경공을 펼쳤다.

"싸운다!"

진격해 오는 오천 명에 이르는 무사들의 모습에 혈마가 뒤쪽에 있는 혈교의 전사들을 향해 거칠게 소리쳤다.

"충!!"

챙!

혈마의 명령에 금마대를 비롯한 남아 있는 혈교의 전사들이 일제히 검과 도를 뽑아 들었다.

제삼계가 실패한 이상 더 이상 도망칠 곳은 없었다.

여기서 저들을 쓰러뜨리지 못한다면 혈교는 오늘로서 무림에서 완전히 사라지고 말 것이다.

사생결단의 순간이었다.

슉!

천마의 신형이 번개처럼 바닥을 박차며 누구보다 빠르게 앞으로 뻗어나갔다.

흑색 장포를 펄럭이며 자신을 향해 날아오는 천마의 모습에 혈마의 몸에서 강렬한 살기가 뿜어져 나왔다.

"천마아아아아아아!"

살기가 담긴 외침과 함께 혈마의 신형도 바닥에서 튕겨 나왔다.

그가 한 발자국씩 내디딜 때마다 보폭이 확연하게 벌어지면서 신형이 어느새 파괴된 산봉우리의 한복판에 도달했다.

혈마가 오른손을 뻗자 그의 허리춤에 있던 검집에서 검이 뽑혀 나왔다.

쏴아아아!

검신이 모습을 드러내는 순간 새하얀 김이 흘러나오며 차가운 냉기가 사방으로 퍼져 나갔다.

눈꽃처럼 새하얀 검신에는 빙월(氷月)이라고 음각되어 있었다.

"빙월검?"

검을 알아본 천마의 눈빛이 매서워졌다.

그것은 북해 단가 일족의 보물이자 대종사를 상징하는 빙월검이었다.

만년한철로 만들어진 빙월검은 궁가의 대성사가 십 년에 걸쳐서 만들었다고 알려진 최고의 절세보검이었다.

혈교에 빼앗겼다는 그 검은 혈마의 손에 있었다.

'네놈이 그 검을 취해?'

챙!

검집에서 쉬고 있던 현천검이 천마의 손으로 빨려들어 왔다.

현천검의 검신이 현천강기로 검게 물들었다.

이에 맞서듯 혈마가 쥐고 있는 새하얀 검신이 파르르 떨리기 시작하더니 피처럼 붉게 물들었다.

바로 앞까지 도달한 두 절대자가 동시에 검을 휘둘렀다.

깡! 쩌저저적!

검은 빛의 검과 붉은 빛의 검이 동시에 부딪친 순간, 그 중심으로 엄청난 돌풍이 일어나며 바닥에 균열이 일어났다.

그 여파가 어찌나 큰지 그들을 따라서 진격하던 토벌대의 무인들과 혈교의 전사들이 뒤로 튕겨져 나갔다.

"으헉!"

"무, 무슨 공력이……!"

검을 부딪친 것만으로 일어난 공력의 여파라고는 믿기 힘들 정도였다.

막혀 있는 공간이 아닌데도 두 사람이 서 있는 주변이 무거운 진기로 바닥에 짓눌려 균열이 일어날 만큼 엄청났다.

"물러나시오!"

꽝!

가장 앞에 있던 만박자 무명이 검으로 여파를 막아내며 외쳤다.

믿기 힘든 것은 검에 십 성 공력을 실었는데도 무명의 신형이 뒤로 밀려나갔다는 것이다.

'첫 합부터 전력을 다했다는 건가?'

현경의 고수가 검을 부딪친 여파만으로 밀려나면 저 두 사람의 경지는 대체 어느 정도란 말인가.

검을 부딪친 두 사람의 손이 떨리고 있었다.

천마의 눈에 이채가 띠었다.

'백타산에서와는 다르다.'

백타산에서 푸른 가면 이석의 몸에 강림하여 대결을 펼칠 때와 확연히 차이가 있었다.

더욱 놀라운 것은 일 합에 전력을 다해 현천강기의 분천(分天)마저 썼는데 혈마의 공력이 흩어지지 않았다.

"공력이 흩어지지 않아서 놀랐나?"

혈마가 득의양양한 목소리로 비아냥거렸다.

이에 천마가 검을 부딪친 상태에서 왼손으로 현천유장을 펼쳤다.

복부로 파고드는 일장에 혈마 역시도 붉게 물든 손으로 그것을 막아냈다.

'혈옥수?'

그것은 분명 혈옥수였다.

하얀 가면의 삼석에 비해 손의 투명함은 없었지만 위력은 비등했다.

파파파팍!

덕분에 검을 맞대던 두 사람의 신형이 동시에 뒤로 밀려났다.

짧은 찰나의 대결만으로 서로가 대등한 실력이라는 것을 알게 되었다.

천마의 눈빛이 다소 진지해졌다.

'혈마기를 유형화해서 검에 밀집시켰다는 것은 대연경의 극(極)에 이르렀다는 건가.'

현천강기를 막아내려면 그와 같은 경지여야만 가능했다.

검신이 붉게 물든 검은 혈마가 무형의 기운인 혈마기를 유형화하는 경지에 끝에 이르렀음을 알려주고 있었다.

그것이 가능한 자는 오직 천마와 검선뿐이었다.

"언제까지 나를 네놈의 아래라고 생각할 것이냐, 천마?"

첫 합을 펼칠 때만 하더라도 분노에 사로잡혀 있던 혈마가 자신감에 차올랐다.

과거의 굴욕과 패배를 갚을 순간이 온 것이다.

천 년 전과 다르게 드디어 천마에 버금가는 실력을 가졌기 때문이다.

"해보면 알겠지."

천마의 신형이 빠르게 혈마를 향해 쇄도했다.

기다렸다는 듯이 혈마가 붉게 물든 빙월검으로 검초를 펼쳤다.

혈마검법의 제삼초 혈무육시(血舞戮弑)였다.

좌좌좌좌좌악!

쾌속한 검초가 붉은 빛의 검결을 만들어내며 천마를 집어삼키려 들었다.

'사악함의 극치다.'

이에 대항하듯 천마의 손에서 별리검법의 초식인 한천별곡(恨天別哭)이 발해졌다.

꽃잎이 사방으로 만개하듯이 퍼져 나가는 형태로 슬픈 검의가 실린 검은 빛의 검결이 혈마의 혈무육시 초식과 부딪쳤다.

채채채채채챙!

두 검초가 부딪치자 찢어질 듯한 파공음이 천산 산맥 전체로 퍼져 나갔다.

내공이 부족한 무인들은 이를 견디지 못하고 귀를 막고 고통스러워했다.

심지어 피를 토하며 쓰러지는 이들도 있었다.

"크으윽!"

"무슨 검이 부딪치는 소리가……?"

강기가 사방으로 튀는 것도 아닌데 견딜 수가 없었다.

두 절대자가 펼치는 초식의 여파가 워낙 크다 보니 토벌대의 무인들과 혈교의 전사들이 그 사이를 뚫고 지나갈 엄두를 내지 못했다.

그렇다고 망연자실하게 두 절대자의 대결만 바라보고 있을 순 없었다.

"좌우 산맥의 끝으로 붙어서 진격해라!"

"와아아아아!!"

토벌대의 무인들이 대결의 여파를 피해서 사방으로 산개해 산맥의 양쪽으로 갈라져 진격을 시도했다.

"우리도 산개하라!"

"충!!"

이것을 보고 있던 혈교의 전사들 역시도 같은 방법으로 나누어 적에게로 진격했다.

'아아, 이걸 놓쳐야 하다니.'

다른 사람도 아니고 천 년 전에 최강이라 불리던 두 존재의 대결이었다.

동시대에서 명성을 날리던 전대 고수 육왕은 좀 더 이 대결을 지켜보고 싶었는지 아쉬운 표정을 지으며 산개했다.

여기서 자신들이 합류하지 않는다면 혈교는 확실하게 밀리게 될 것이다.

적들 중에 절대적으로 강한 기운을 내뿜고 있는 두 고수가 있기 때문이다.

좌측에서 선봉으로 경공을 펼치던 만박자 무명이 죽립을 쓰고 있는 육왕 중의 네 명과 부딪치게 되었다.

'그들이다.'

앞이 보이지 않는 무명이었지만 확실하게 알 수 있었다.

그들은 무림맹 성으로 진격하던 강시와 함께 습격한, 부활한 천 년 전의 고수들이었다.

'그자는 없나?'

구왕 중에 압도적인 무위의 실력자가 한 명 있었다.

유일하게 현경의 경지에 이른 자인데, 그 탓에 사파의 전대 고수들이 전멸하는 사태를 맞이할 만큼 전율적인 고수였다.

촤촤촤촤촤!

육왕 중 네 명이 동시에 합공을 펼치듯 무명에게 검초를 날렸다.

한 명 한 명이 화경의 경지에 이른 고수들이었기에 초식에 허점을 찾기 힘들었다.

그러나 무명과는 수위에서 한 단락의 차이가 있었다.

채채채채챙!

무명이 하얀 빛의 검강을 생성하여 촘촘한 검망을 만들어 내 그들의 공격을 가볍게 막아냈다.

그들과 초식을 교환하면서 무명은 확신했다.

이들 중에서 그 전율적인 검의 고수가 없음을 말이다.

'그렇다면 서독황이 있는 쪽이다.'

그의 예상대로 우측 편의 선두에서 진격하던 서독황 구양경은 육왕 중의 두 고수와 맞이하게 되었다.

죽립을 쓴 두 남자에게서 위험을 감지한 구양경은 처음부터 전력을 끌어냈다.

'보통 놈들이 아니다. 단번에 승부를 내야겠구나. 클클.'

압도적인 무위로 단숨에 몰아치기 위해 구양경은 사장에 보랏빛 독강을 실어 합마장법의 초식을 펼쳤다.

독강이 실린 사장이 수많은 결을 그리며 두 고수에게 쇄도했다.

그 순간 두 죽립인 중 한 명의 신형이 앞으로 뻗어 나오더니 검강이 실린 절초를 펼쳐 합마장법의 초식을 막아냈다.

차차차차차!

'헛? 독강을 갈라?'

독기가 실린 강기를 베어내더니 오히려 날카로운 검초로 반격할 만큼 엄청난 검의 고수였다.

하지만 구양경의 독강을 버티지 못한 죽립인의 보검이 녹아 내렸다.

아무리 검강이라고 해도 구양경의 독강은 강기마저 녹일 만큼 강력했다.

죽립인이 녹아내린 보검을 바라보며 고개를 절레절레 흔들 더니 등에 차고 있던 검집에서 새로운 검을 빼 들었다.

'엇?'

구양경의 두 눈이 커졌다.

"그, 그 검은?"

검신에 황금빛 선으로 문양이 그려진 보검이었다.

죽립인이 들고 있는 검은 바로 승사검(勝邪劍)이었다.

어장검을 제작하는 명장인 구야자(歐冶子)가 만들어낸, 중 원에서 명성이 자자한 절세보검으로 중문검 제석연의 검이 다.

"그, 그대가 어째서?"

방금 전에 부딪치면서 검초가 많이 익숙하다고 생각했다.

분명 죽립인이 펼치는 검초는 중문검 제석연이 펼치는 문연 검법이 틀림없었다.

전대 오황이 천하제일을 다투기 위해 논검(論劍)을 펼칠 때 그와 대결을 한 구양경이기에 모를 수가 없었다.

"곤란하군. 나를 아는 자와 만나다니."

사내가 얼굴을 가리고 있던 죽립을 벗어 던졌다.

긴 수염에 학사의 품격이 느껴지는 중후한 얼굴이 드러났다.

그는 틀림없는 중문검 제석연이었다.

중원무림의 최고 고수이자 오황 중에서 검의 일인자라 불리는 사내이다.

"그 눈?"

그런데 중문검 제석연의 두 눈이 붉은 안광을 띠고 있었다.

죽은 자가 부활했을 때의 상징이라 할 수 있는 붉은 동공에 구양경의 입에서 탄식이 흘러나왔다.

현 황실에서 대제학을 맡고 있는 걸로 알고 있는데 혈교와 함께할 줄은 몰랐다.

"오랜만에 만났는데 참 안타깝기 그지없소, 대제학."

심지가 올곧은 관인이라 생각했는데 혈교의 주구가 되어 있으니 실망스러웠다.

중문검 제석연이 씁쓸한 얼굴로 고개를 저었다.

"각자의 사정이라는 게 있지 않겠소. 구양 장주와 이런 식으로 해후하게 되니 본인도 안타깝구려."

제석연도 이 순간이 고통스럽기는 매한가지였다.

더 이상의 대화는 무의미하다고 느낀 구양경이 사장으로 그를 겨냥하며 말했다.

"무슨 말이 필요하겠소. 서로 적으로 만났으니 끝을 봅시다."

그 말과 함께 구양경의 신형이 제석연에게로 빠르게 쇄도했다.

제석연이 쥐고 있는 승사검으로 방어 초식을 펼치며 구양경의 공격을 막아냈다.

"나도 돕겠네!"

그와 함께 우측 편으로 진격해 오던 육왕 중의 한 사람이 제석연을 도와 합공을 가하려 했다. 그러나 뒤에서 나타난 단가의 대종사 단가려에 의해 막히고 말았다.

챙!

"흥! 비겁하게 합공을 하려 하다니! 네 상대는 나다!"

"빌어먹을 계집이 감히!"

공격이 막힌 것에 화가 난 육왕의 일인이 그녀에게 사악한 도초를 퍼부었다.

아무래도 사파 출신의 고수인 듯했다.

그러나 아무리 절초를 퍼붓는다고 해도 그녀 역시도 화경의 고수였다.

채채채챙!

'아니, 내 초식을 이렇게 가볍게 막아내다니? 보통 계집이 아니구나.'

절초를 여유롭게 막아내자 육왕의 일인은 놀람을 금치 못했다.

여자라고 우습게 여겼는데 쉽게 상대할 수 없는 고수임을
깨닫자 방금 전과 같은 큰 동작의 초식은 삼가고 신중을 기하
기 시작했다.

그사이에 산맥의 양쪽으로 갈라졌던 양대 세력이 드디어
맞부딪쳤다.

"쳐라! 사악한 혈교의 무리는 한 놈도 남김없이 죽여라!"

"대계를 위하여!!"

채채채챙!

토벌대의 무인들과 혈교의 전사들이 전의를 불태우며 마지
막 전쟁이 본격적으로 가속화되었다.

지금까지 상대한 자들과 다르게 혈교의 최정예들이었기에
수적으로 부족했지만 절대로 기세에서 밀리지 않았다.

무림을 절멸시키려는 세력과 그것을 지키려는 세력의 마지
막 싸움이었다.

이 전쟁에서 무림의 향방이 결정되기에 서로가 목숨을 걸
고 임해 전투는 격렬하면서도 처절했다.

채채채챙!

무기들이 부딪치는 소리가 천산 산맥 북부를 떠들썩하게
만들었다.

하얗게 눈으로 뒤덮여 있던 설산이 붉게 물들어가며 피비린내가 진동했다.

격렬한 싸움은 수많은 사상자를 낳았고, 곳곳에 시신이 쌓여갔다.

'이놈들은 강하다.'

금색 혁대의 복면인들로 구성되어 있는 금마대를 상대하는 토벌대의 무인들은 고전을 면치 못하고 있었다.

한 명 한 명이 절정의 실력자들로 구성된 이들은 혈마 직속의 혈교 최정예 전사들이었다. 그들의 손에 벌써 백여 명이 넘는 사상자가 발생했다.

"한 명씩 상대하지 말고 합공해라! 이건 비무가 아니라 전쟁이다!"

전투 경험이 많은 칠 장로 모자웅이 토벌대의 무사들을 능수능란하게 전두지휘하며 피해가 줄어들도록 사력을 다했다.

그러나 혈교인들 역시도 여기에서 패배하면 멸한다는 것을 알기에 목숨을 걸고 토벌대를 죽이려 들었다.

푸푸푹!

"죽어! 죽으란 말이야!"

"빌어먹을 놈들!"

두세 명이 달라붙어 검에 찔려 죽어가면서도 반항을 멈추지 않았다.

"끄으으으! 대, 대계를 위하⋯⋯."

그 지독함에 토벌대의 무인들은 혀를 내두르다 못해 갈수록 이 처절한 싸움이 고통스럽기까지 했다.

채채채채채챙!

서독황 구양경의 사장과 중문검 제석연의 승사검이 격렬하게 부딪치면서 중턱에서 싸우던 그들의 신형이 점차 산봉우리 위로 올라가고 있었다.

아군이 많은 전장 내에서 자유롭게 독강을 펼칠 수 없는 구양경의 계책이었다.

이를 알면서도 제석연 역시도 같은 입장이기에 그의 유도에 맞춰 산 위로 이동했다.

오황 중에서 오직 검 하나로 최강의 자리에 군림한 제석연답게 구양경의 합마장법의 초식들을 가볍게 파훼했다.

'클클, 안 본 새에 검법이 더 발전했구나.'

현경의 극에 이르면서 오황의 최고 고수는 자신이라 여긴 구양경이다.

막상 제석연과 맞붙게 되니 그 생각이 잘못되었다는 사실을 깨닫게 되었다.

그가 발전한 만큼 제석연의 검 역시도 더욱 날카롭고 정교해졌다.

'까딱 한 번만 실수해도 죽을 수 있겠구나.'

검날이 목에 닿아 있는 것처럼 사선에 서서 싸우는 구양경이었다.

마찬가지로 제석연도 과거와는 확연하게 달라진 구양경의 무위에 내심 감탄을 금치 못했다.

'예전에도 무서웠지만 지금은 괴물이 되었구나.'

독의 무서움을 알기에 과거 논검 당시에도 대결을 시작하자마자 네 명의 고수가 일제히 그를 공격한 것이 기억났다.

중원 최고 고수들의 합공에도 서독황 구양경은 밀리기는커녕 강한 독기를 내뿜으며 다른 오황들을 궁지로 몰아넣었다.

"여전히 명불허전이구려, 구양 장주!"

"클클, 대제학 또한 마찬가지요. 이것도 받아보시오!"

구양경이 뭉툭한 사장의 끝에 독강을 실어 회전시키자, 보랏빛 독강 회오리가 제석연에게 쇄도했다.

"후우!"

촤촤촤촤촤악!

제석연은 승사검에 검강을 실어 세밀한 검망을 만들어냈다.

회오리를 치며 쇄도해 오던 보랏빛 독강이 그물에 걸린 물고기처럼 그것을 통과하지 못하고 바스러졌다.

치이이익!

보랏빛 독강이 닿은 승사검에서 매캐한 연기가 피어올랐다.

최고의 장인인 구야자가 천 일 동안 한철을 제련하여 만든 최고의 명검이 모든 것을 녹이려 드는 독기에 괴로워했다.

'승사검이 독을 버티지 못하다니.'

강기를 뚫고 침투할 만큼 강력한 독기에 혀를 내둘렀다.

현경의 경지에 오르면서 내공의 제한이 없어졌기에 승부가 길어지면 길어질수록 불리해지는 것은 자신이었다.

'최고의 절초로 승부를 낸다.'

제석연이 호흡을 크게 들이마시며 공력을 최대로 끌어 올리자 그의 오른손에 쥐고 있는 승사검이 황금빛으로 물들었다.

고오오오오!

그의 절기인 제황문검(帝皇文劍)의 검의가 강기에 실리면서 일어난 현상이었다.

'검의를 강기에 담아? 역시 극에 이르렀구나.'

강기에 다른 기운을 함께 실을 수 있다는 것은 제석연 역시도 현경의 극에 이르렀음을 의미했다.

제석연의 신형이 번개처럼 다가오며 구양경에게 황금빛 강기가 실린 승사검을 뻗었다.

쳉!

구양경이 사장에 보랏빛 독강을 실어 그 일검을 쳐내려고 하는데, 오히려 그의 사장이 튕겨져 나오며 날카로운 황금빛 예기가 어깨를 관통했다.

푹!

"크윽!"

강기가 직접적으로 닿은 것이 아니었는데도 날카로운 예기가 몸을 관통한 것에 심상치 않다고 생각한 구양경이 신형을 벌렸다.

기세가 오른 제석연이 제황문검의 고절한 검초를 펼쳤다.

정면으로 부딪치는 것을 꺼린 구양경이 사장에 독강을 실어 바닥을 내려치자, 보랏빛 독강이 튕겨지듯이 솟구치며 벽을 만들어냈다.

쏴아아아아!

그러나 제석연의 황금빛 강기가 실린 검초는 독강의 벽을 쉽게 베어냈다.

수십 개의 황금빛 검결이 생겨나며 보랏빛 독강이 수십, 수백으로 갈라지며 와해되었다.

'허어!'

이를 뚫고 무서운 기세로 치고 나오는 제석연의 이마가 땀방울로 젖어 있다.

속성의 기운을 담은 것이 아닌, 마음에서 비롯되는 검의(劍意)를 강기에 담으면서 심력 소모가 심했기 때문이다.

'빠르게 승부를 보려고 하는구나. 그렇다면.'

뒤로 물러나던 구양경이 반대로 앞으로 치고 나갔다.

사장을 휘두르며 합마장법을 펼치자 제석연이 쾌속한 검초로 공격을 막아낸 후 황금빛 검강으로 사장을 베어냈다.

촤악!

지팡이가 반으로 갈라지는 순간이었다.

'아뿔싸!'

제석연의 눈동자가 흔들렸다.

사장에 실린 초식은 허초에 불과했다.

꾸륵꾸륵!

구양경의 볼이 두꺼비처럼 불룩해지며 전신에서 보랏빛 기운이 흘러나오더니 번개처럼 제석연의 가슴에 일장을 먹였다.

퍽! 우드드드득!

"크아아아악!"

가슴의 뼈가 부러지는 소리와 함께 제석연의 몸이 포탄처럼 뒤로 튕겨져 나갔다.

서독황 구양경이 자랑하는 최고 절기인 진신합마공(眞愼蛤蟆功)이었다.

사장의 보랏빛 독강만을 의식한 제석연은 불의의 일격에 당하고 말았다.

쾅!

산봉우리의 암석에 꽂힌 제석연의 얼굴빛이 보라색으로 물들었다.

합마공에 실려 있는 독기가 전신으로 퍼져 나간 것이다.

"쿨럭쿨럭! 미처 깜빡… 했군. 그대의 진짜 절기를."

그 말을 마지막으로 암석에 박혀 있는 제석연이 고개를 숙였다.

가까이 다가가 숨이 끊긴 것을 확인한 구양경이 안도의 숨을 내쉬었다.

'그대가 조급해하지 않았다면 본 장주가 죽었을지도 모르지.'

그렇게 장기전으로 이어질 것 같던 두 오황 간의 대결은 서독황 구양경의 승리로 끝맺게 되었다.

콰아아아앙! 쿠르르르르!

"헉! 이, 이게 무슨……?"

그때 구양경이 서 있는 산봉우리가 굉음과 함께 흔들리기 시작했다.

놀란 그가 경공을 펼쳐 반대쪽으로 신형을 날리자 흔들리던 산봉우리의 허리가 갈라지며 산봉우리 위쪽이 베여 나간 옆으로 쓸려 내려앉았다.

"역시 저들이었나. 정녕 인간을 벗어났구나. 클클."

멀리서도 보였다.

두 절대 고수가 검을 부딪칠 때마다 흘러나온 예기가 사방을 가르고 있었다.

오황 중에서 최고의 검의 고수라 불리던 제석연은 저 두 절대자에 비하면 애송이에 불과했다.

그들이 대결을 펼치는 반경으로는 누구도 다가갈 수 없었다.

채채채채쟁!

두 사람의 움직임은 얼핏 육안으로 판별이 가지 않을 만큼 쾌속했다.

적색과 흑색 빛이 수십 차례나 부딪쳤다는 것만 겨우 알 수 있을 정도로 신형부터 시작해 검초까지 제대로 보이지 않았다.

'강하다.'

천마 역시도 혈마의 강함을 인정할 수밖에 없었다.

천 년이나 선계에 진입하기 위해 부단히 수련한 그의 검초를 전부 막아내고 있었다.

혈마의 검초에 담긴 끝없는 분노의 검의는 검을 부딪칠 때마다 천마의 가슴조차 요동치게 만들 정도였다.

'정말 내가 알고 있던 그놈이 맞는 건가?'

무(武)의 극이라 불리는 대연경의 경지는 만물의 의지를 담을 수 있다.

그것은 등선의 경지라 할 수 있는데, 부활한 혈마가 어떻게 이런 경지에 오를 수 있는지 의문이 갔다.

그 비밀이 궁금해진 천마가 검을 겨루면서 원영신을 개방했다.

쏴아아아!

"이런……"

검을 부딪치던 천마의 동공이 흔들렸다.

원영신을 개방한 천마의 두 눈에 믿기 힘든 광경이 보였다.

혈마의 전신이 녹아내리는 촛농처럼 피가 흘러내리고 있고, 사방으로 갈라진 바닥에서 주홍빛 뜨거운 열기가 피어오르고 있었다.

더욱 놀라운 것은 균열이 일어난 바닥에서 수백 개의 악마와 같은 손이 올라와 혈마를 붙잡고 바닥으로 끌고 내려가려 했다.

혈마의 전신을 두르고 있는 혈마기가 아니었다면 수많은 손에 붙잡혀 저 균열 속으로 빨려들어 갔을 것이다.

"네놈……"

"크크큭, 역시 보이는구나, 천마."

채챙!

검을 부딪치던 혈마가 거리를 벌리며 입꼬리를 올렸다.

원영신을 개방한 천마의 눈에는 눈, 코, 입이 진득한 피로 덮여 있는 혈마가 보였고, 그에게선 어떠한 감정도 느껴지지 않았다.

천 년 동안이나 선인이 되기 위해 선도(仙道)를 갈고닦은 천마가 이 흉흉하면서도 불길한 것을 모를 리가 없었다.

"지옥(地獄)에 있던 것이냐?"

혈마를 균열로 끌고 내려가려는 소름 돋는 손들은 지옥의 의지였다.

천지간의 만물의 법칙을 역행하고 현세로 기어 올라간 지옥의 죄수를 끌고 내려가려는 것이었다.

'탄내.'

개방된 원영신의 코끝을 찌르는 살가죽이 타는 냄새.

그리고 눈과 코, 입이 없고 전신이 녹아내리는 피로 이루어진 그는 팔열지옥(八熱地獄)에서도 매우 깊은 곳에서 올라온 것이 틀림없었다.

"네놈이 무슨 수로 지옥에서 기어 올라온 거지?"

한 번 지옥으로 간 인간은 정해진 혼(魂)의 형량이 끝날 때까지 그곳을 나올 수 없었다.

죄가 깊어질수록 더 깊은 지옥으로 가게 되는데, 천 년 전 혈마가 저지른 악행들은 절대로 낮은 지옥으로 갈 수 없는 수준이었다.

"천마… 쉬지 않고 수백 년 동안 살가죽을 철판에 지지고 쇠방망이로 살을 으깨는 고통을 네놈이 알겠느냐?"

"…초열지옥에 있었군."

초열지옥(焦熱地獄).

여덟 지옥 중에서 여섯 번째 지옥으로 오계를 범하고 그릇된 견해를 일으킨 자가 가게 된다는 지옥이다. 형량이 정해진 기간 동안 뜨거운 철판 위에 눕혀놓고 뜨거운 쇠방망이로 두들겨 맞는 고통을 받는다고 했다.

지옥의 절반 층까지는 그 형량이 백 년이 넘어가지 않지만, 절반을 넘기게 되면 수백 년에서 심지어 수천 년까지 늘어난다.

"그래. 그곳을 빠져나온 지 이백여 년이 되가는 데도 아직도 내 영혼에 새겨진 고통이 가시지 않고 있다."

그의 끝없는 분노의 근원이 드러났다.

혈마는 단순히 금지된 술법으로 부활한 것이 아니라 지옥에서 수백 년의 고통 끝에 현세로 탈출한 지옥의 죄수였다.

사방이 붉은 열기로 가득하다.

뜨거움을 넘어서 숨을 쉬는 것만으로도 턱턱 막히는 고통이 매 순간이다.

단지 그것뿐이라면 좋겠지만 매일같이 뜨거운 철판 위를 맨살로 굴러야 했다.

아무리 시간이 흘러도 고통은 퇴색되지 않았다. 온몸이 진물과 피로 뒤집히는 끝나지 않는 반복에 괴로움이 더해갔다.

고통을 넘어서 정신이 혼미해져 갈쯤에 수백 개의 가시가 박힌 쇠몽둥이가 그를 고기 다지듯이 찍어 눌렀다.

이런 시간이 자그마치 수백 년이 반복되었다.

처음 백 년 동안은 아무것도 생각할 겨를이 없었고 그저 죽고 싶다는 생각뿐이었다.

극락정토(極樂淨土)에 가리라고 생각하지는 않았지만 고통으로 점철된 지옥은 그를 피폐하게 만들었다.

그리고 이백여 년의 시간이 지났다.

여전히 고통스러운 시간이 지속되었지만 점차 혈마는 달라져 갔다.

'나는 어째서 고통 받는가? 내가 왜 이렇게 괴로워해야 하는가?'

고통을 통해 죄가 씻겨 내려가는 과정이 그에게는 점차 의문, 그리고 분노로 이어지게 만들었다.

그렇게 수백 년이 지나는 동안 혈마는 이를 악물고 고통 속에서 스스로를 단련했다.

깨달음이라는 것은 때론 고요한 심상에서만 나오는 것이 아니었다.

고통 속에서 스스로의 혼을 느낀 혈마는 점차 원영신에 대해서 눈을 뜨기 시작했다.

원영신에 눈을 뜬 혈마는 범적인 존재에 불과하던 혼을 단련했고, 점차 시간이 흐를수록 고통이 수그러져 갔다.

이는 단순히 고통을 버티는 능력이 커졌다기보다는 그의 존재 자체가 둔떨어져 가는 느낌을 받았다.

혈마는 쉬지 않고 원영신을 단련했다.

얼마만큼 시간이 흘렀는지 감을 잡을 수도 없을 무렵, 혈마는 자신을 옥죄고 움직이지 못하게 하던 수백, 수천의 손을 뿌리치고 허공으로 날아올랐다.

"지옥은 내가 상상하던 것 이상으로 광활했다. 그곳을 빠져나오는 데만 자그마치 수십 년이 소요되었지."

지옥을 벗어나고자 하는 혈마의 강한 의지는 기어코 그것을 해내게 만들었다.

법칙을 거스르는 지옥의 죄수를 잡기 위해 그 의지가 따라붙었지만 범적인 영역을 벗어난 혈마의 혼은 변질되고 말았다.

지옥으로 데려갈 수 없으면서 데려가야 하는 모순에 빠진 것이다.

'지옥에서 원영신을 깨달았다고?'

천마의 눈빛이 심각해졌다.

원영신을 단련했다면 그 혼은 선인(仙人)의 영역에 들어섰다는 의미이다.

물론 통상적인 선(仙)이 아닌 마선(魔仙)이다.

선계에 있을 때 노선인을 통해 지겹도록 들어온 마선의 경지를 밟은 자가 눈앞에 있는 셈이다.

현세의 법도를 어긋나게 만드는 마선은 이곳에 있어선 안 되었다.

'그 꿈의 의미가 이것이었나.'

아직도 복사꽃 나뭇가지를 쥐고 있는 동자의 꿈을 기억하는 천마이다.

맑고 투명하던 호수가 피로 물드는 것을 기억하고 있다.

처음에는 대체 무엇을 말하려고 그러는지 이해할 수 없던 천마이다.

하지만 지옥에서 자력으로 기어 올라온 혈마를 보고 나니 확신할 수 있었다.

'세상의 이치를 피로 흩뜨리는 자, 그게 저놈이란 말이었나. 그렇다면 그 동자는……'

삼청(三淸) 중 누군가 천마의 꿈으로 현신한 것이 틀림없었다.

남신인 태상노군(太上老君)은 복사꽃이 가득한 무릉도원에서 좌선하고 있다고 들은 적이 있다.

만약 동자가 정말 태상노군이라면 그는 앞으로 다가올 현세의 혼란을 예고한 것이다.

원영신을 깨달은 마선이라면 무림 최고 고수인 오황이라고 해도 절대 막을 수 없었다.

당혹스러워하는 천마를 향해 혈마가 사방을 뒤덮을 만큼 강렬한 혈마기를 내뿜으며 말했다.

"천마 네놈이 이 세상에 현신한 것은 나를 막기 위해서겠지."

천마가 원영신을 통해 그의 본질을 꿰뚫어 봤듯이 혈마의 눈에도 천마의 본질이 보였다.

평범한 인간의 육신을 뒤집어쓰고 있으나 그 안에는 눈부실 정도로 찬란한 오색의 빛으로 가득한 천마의 혼이 보였다.

'그때 본 그 빛이다.'

이백여 년 전에 지옥에서 빠져나와 현신한 혈마는 자신에게 걸맞은 육신을 찾기 위해 부단히 애를 썼다.

그러다 호북 북부의 무당산에서 오색찬란한 빛과 함께 천지가 감응하는 것을 느끼게 되었다. 공간의 제약을 받지 않던 혈마의 혼은 찰나의 순간에 무당산에 도착했다.

그곳에서 깨달음을 얻어 우화등선하려는 무당의 도인을 발견했다.

찬란한 빛에 휩싸인 도인의 혼이 빠져나가며 그 육신이 만물에 녹아들어 자연스럽게 흩어지려는 순간 혈마가 이를 차지했다.

"마도를 닦는 네가 선인이라니 우습구나. 크크큭."

천마의 본질을 보게 되자 그가 선인으로서 현세에 강림했다고 추측한 혈마였다.

혈마는 그런 천마를 보면서 더욱 증오스러웠다.

수백 년 동안 지옥에서 고통받은 그와 달리 천마는 선계에 있었다는 사실이 질투를 넘어서 극도의 분노를 치솟게 만들었다.

"선계에서 편하게 있던 네가 고통으로 강해진 나를 막을 수 있을 것 같으냐! 이곳 천산에서 네놈을 영멸시킨 후 무림의 씨를 말려 버릴 것이다."

천마만 없다면 무림에서 자신을 막을 자는 존재하지 않는다.

그런 혈마를 향해 천마가 고개를 절레절레 흔들며 말했다.

"개소리는 여전하군. 어차피 지옥에 있었다니까 잘됐군. 이번에는 무간지옥까지 떨어뜨려 줄 테니 다시 기어 나올 생각 따윈 버려라."

으득!

혈마가 인상을 굳히며 이를 갈았다.

사람을 열 받게 하는 특유의 말투는 여전했다.

잠시 중단되었던 싸움이 다시 시작되었다. 혈마의 신형이 번개처럼 뻗어 나와 천마를 향해 패도적인 검초를 펼쳤다.

촤촤촤촤촤악!

이에 천마는 현천검으로 별리검법의 절초를 펼쳐 대응했다.

두 절세 검초가 부딪치며 찢어질 것 같은 파공음이 사방으로 퍼져 나갔다.

채채채채채채챙!

혈마의 분노에 사로잡힌 검의가 실린 검초와 천마의 슬픈 검의가 담긴 검초가 부딪치면서 천산 산맥 전체를 울렸다.

이 소리를 들은 토벌대의 무인들과 혈교의 전사들이 영향을 받았는지 심장이 빠르게 뛰고 얼굴이 상기된 자들이 보였다.

뛰어난 검수들은 검을 부딪치는 것만으로 검의를 통해 상대방의 감정을 알 수 있다.

'증오가 보통이 아니구나.'

혈마에게서 느껴지는 증오심은 상상할 수 없을 만큼 강했다.

천 년 동안 지옥에서부터 쌓아온 증오가 보통 사람들의 감정과 같을 리가 없었다.

마찬가지로 혈마 역시도 천마의 검의에 실린 먹먹한 슬픔을 느꼈다.

검초에서는 강한 그리움이 느껴졌다.

'…아직도 그리워하는 것이냐?'

이 그리움이 누구에게 향한 것인지 잘 알고 있다.

고통과 분노로 인해 타인에 대한 사랑하는 감정과 그리움, 슬픔 등이 퇴색되어 버린 혈마는 이를 쉽게 이해하기 힘들었다.

'검초만으로는 승부가 나지 않는다.'

두 사람은 같은 생각을 했다.

서로가 원영신을 개방하면서 시야를 통해 초식의 허실을 파악할 수 있기에 검초를 펼치는 것만으로 결판을 내기는 힘들었다.

먼저 그 판단대로 움직인 것은 혈마였다.

"받아랏!"

혈마기가 실린 검을 강하게 휘두르자 붉은 선이 생겨나며 천마의 몸을 두 동강 내려 했다. 천마 역시도 현천검을 수직으로 내리긋자 붉은 선이 잘려 나갔다.

그사이에 혈마가 보법을 펼치며 거리를 벌렸다.

"놓칠 것 같으냐!"

천마가 따라붙으려 하자 딛고 있는 땅이 흔들렸다.

드르르르!

강한 진동과 함께 땅에 쌓여 있던 하얀 눈서리의 입자가 허공으로 떠올랐다.

그렇게 떠오른 눈서리가 혈마기로 붉게 물들었다.

이것을 보는 순간 천마는 본능적으로 혈마가 무슨 초식을 쓰려는지 눈치챘다.

'빌어먹을!'

솨아아아아!

현천검에서 마기가 유형화되어 검은 운무가 흘러나와 원의
형태로 천마의 몸을 둘렀다.

"늦었다! 크크큭!"

혈마가 바닥을 향해 빙월검을 내리꽂자 수천, 수만의 붉은
눈서리 입자가 날카로운 흉기가 되어 천마를 향해 일제히 내
리꽂혔다.

촤촤촤촤촤촤악!

쩌저저저적!

혈마기가 실려 있는 헤아릴 수 없는 눈서리가 부딪치며 견
고하게 방어하는 검은 운무의 구에 금이 가기 시작했다.

"이번에는 아무리 너라고 해도 막을 수 없을 것이다!"

이석의 몸을 빌렸을 때는 육신의 한계로 인해 천마가 현천
강기로 이를 베어냈지만 지금은 달랐다.

촤촤촤촤촤촤!

계속해서 눈서리가 떠올라 쉴 새 없이 천마에게로 쇄도했
다.

혈마검법의 최고의 절초인 혈천광세(血天光世)였다.

전과는 다르게 넘치는 혈마기로 대자연의 기세를 실어 무

한하게 공격한다면 천마라고 해도 과연 어찌할 수 있을까?

'칫.'

검은 운무를 계속 발산해 가며 막을 만들어 막는 것에도 한계가 있었다.

그렇다고 이것을 푸는 순간, 고슴도치처럼 입자가 전신을 꿰뚫을 게 뻔했다.

관건은 누가 먼저 마기와 혈마기를 소진하느냐 하는 것인데, 여기서 불리한 것은 당연히 천마였다.

이곳까지 오면서 벌써 수차례 현천강기를 펼쳐서 많은 마기를 소진했다.

시간을 들여 회복했다면 좋았겠지만 도망치는 혈교를 놓칠 수 없었기에 무리해서 계속 공격을 감행한 것이 치명적이게 되었다.

"크크큭, 네놈이 여기까지 오느라 많은 양의 마기를 소모한 것을 모를 줄 알았더냐?"

혈마가 즐겁다는 듯이 웃으며 말했다.

그것은 절대로 우연하게 일어난 일이 아니었다.

최대한 천마의 마기를 소모시키기 위해 일부러 당장의 정면 대결을 피하고 시간 차를 두고 수하들을 내보낸 혈마였다.

'이제 곧 네놈의 파멸이 시작된다.'

산사태를 막느라 막대한 마기를 소모한 것부터 시작해 혈음강시를 비롯하여 삼혈로를 처리하느라 그리 많은 마기가 남지 않았을 것이다.

그런 혈마의 예상대로 천마의 마기는 채 삼 할도 남아 있지 않았다.

천 년 전의 전성기 시절만큼 회복한 거대한 마기도 벌써 팔할 가까이 소모했다.

좌좌좌좌좌좌!

쩌저적!

바닥이 파이기 시작했다.

끝없이 쇄도해 오는 혈천광세의 무한한 공격에 지면이 버티지 못하고 밑으로 내려앉고 있었다.

우지직!

천마의 몸을 두르고 있는 검은 운무가 조금씩 일그러져 갔다.

끝이 보여 간다는 생각에 혈마의 눈빛이 희열로 물들었다.

대부분의 마기를 소진하여 현천검에 담겨 있던 순도 높은 마기마저 사용하며 최악의 위기를 맞이한 상황이다.

오싹!

'앗?'

바로 그 순간 혈마는 전신이 오싹해질 만큼 강렬한 무언가가 느껴졌다.

천마를 향해 무한하게 쇄도하며 박살 나려고 하는 검은 운무가 갑자기 팽창하기 시작했다.

혈마의 눈동자가 심하게 흔들렸다.

고오오오오!

마치 고조되어 있던 거대한 힘이 폭발하는 것처럼 팽창하던 검은 운무가 순식간에 폭발하듯이 번져 나가며 사방을 잠식시켰다.

밤이 찾아온 것도 아닌데 천산 전체가 어둠으로 뒤덮였다.

갑작스럽게 시야가 어두워지자 격렬하게 전쟁을 벌이던 모든 무사들이 일제히 움직임을 멈추고 당혹스러워했다.

"뭐, 뭐야?"

"갑자기 어두워졌어!"

이것은 단순히 시야가 어두워진 것이 아니었다.

바로 코앞에서 싸우던 적이 보이지 않는 괴이한 현상에 모두가 혼란에 빠지고 말았다.

끝없는 심연과도 같이 사방을 잠식시킨 어둠에 혈마의 몸이 떨려왔다.

그는 본능적으로 이 어둠이 무엇인지 알 수 있었다.

혈마가 떨리는 목소리로 중얼거렸다.

"이, 이게 정녕 마기란 말이냐?"

천산 산맥 전체를 뒤덮을 만큼 거대한 어둠은 바로 마기였다.

혈마기로 만들어진 혈천광세의 끝없는 공세에 유형화된 마기의 방어막이 깨지려는 찰나, 천마의 머릿속으로 과거가 스치고 지나갔다.

시간과 공간이 멈춘 어둠 속에서 노선인이 말했다.

'천마, 자네의 마기는 이승의 기준치를 넘어섰어. 내가 자네를 직접 보러 온 것에는 해줄 말도 있기 때문이지만, 천존의 명에 의해서이네.'

'천존이라면 원시천존을 말씀하는 것이오?'

천존(天尊).

원시천존은 선계의 삼청(三淸) 중 제일신으로 가장 높은 위치에 있는 존재이다.

선계가 아니더라도 도교로 인해 중원의 사람 모두가 알고 있는 고귀한 천신의 존칭이다. 영보천존, 태상노군과 더불어 선계를 이끌어가는 삼청 중의 일신이 노 선인에게 직접 명을 했다는 말이다.

천마 역시도 선인이 되기 위해 부단히 노력했기에 원시천존이 얼마나 대단한 존재인지는 알고 있었다.

'그분이 대체 왜?'

'천존께서는 천 년이나 마도(魔道)를 수양한 자네를 눈여겨

보셨지. 그렇기에 천 년의 공을 인정하셔서 선인이 될 수 있는 길을 마련하신 것일세.'

'아니, 그런 분이 내게 갑자기 왜 이런단 말이오?'

'자네의 마기는 도의 중턱에서 수양을 통해 깨끗한 정념으로 탄생하였지만, 인계의 세속의 기운을 받으면 그렇지 않네.'

'……?'

'자네의 천 년 마기는 마계의 마선(魔仙)들이나 마왕(魔王)들이 가지고 있어야 할 급이야. 그런 마기를 가지고 인계에 머무른다면 인과율에 위배되지.'

원시천존이 직접 노선인을 보낸 것에는 이러한 연유가 있었던 것이다.

반 선인인 천마가 도의 중턱에서 선계로 진입하기 위해 갈고닦은 마기는 상상을 초월한다.

만약 천마가 선계가 아닌 마계로 진입하고자 했더라면 벌써 마왕이 되고도 남을 위인이었다.

그런 천마가 금지된 의식으로 살아나 버렸으니 인계에는 말 그대로 마왕이 현신한 것과도 마찬가지인 상황이 발생한 것이다.

'인과율은 무슨, 말도 안 되는 개소리요! 내가 무슨 인계를 뒤엎는 것도 아니고!'

'이보게, 천마. 지금은 상고시대가 아니네.'

상고시대(上古時代).

태고(太古), 상세(上世), 상대(上代)라 불리던 시기가 있었다.

지금은 분리되었지만 한때 신들의 세상과 인간의 세상이 같은 하나이던 시대가 있었는데, 그때를 두고서 상고시대라고 불렀다.

상고시대에는 그 구분이 무분별했기에 세상이 신기(神技)로 가득했지만 지금은 아니었다.

'천존께서는 인계의 인과율을 깨는 자네의 힘을 위험하다고 여기셨네.'

'그래서 한다는 것이 내 힘을 봉하는 것이오?'

쩌적!

그때 칠흑 같던 무거운 공간에 균열이 가기 시작했다.

마치 알이 갈라지는 것처럼 검은 공간에 균열이 가자, 그 틈으로 빛이 하나둘씩 뿜어져 나오며 사방을 물들여 갔다.

그 광경을 본 노선인이 인상을 찡그렸다.

'이런, 주어진 시간이 다 되었군.'

'그게 무슨 말이오? 난 아직 아무것도 제대로 듣지 못했소!'

쩌저저저적!

빠르게 갈라지는 균열에 조급해진 천마가 다급하게 노선인을 재촉했다.

대체 자신이 어떻게 되는 것인지 아무것도 모르고 있다.

'허허, 내 힘으로 겨우 유지한 멈춘 자네의 운명의 시간이 돌아가는 게야.'

'아니, 아직 대화가 안 끝났잖소. 난 대체 어떻게 된단 말이오?'

'다시 생을 가지겠지. 이보시게, 천마.'

노선인이 무언가를 말하려고 했다.

그러나 빠르게 균열이 가던 검은 공간이 어느새 빛으로 가득해 환하게 밝아져 있었다.

더 이상 어떠한 검은 조각이 보이지 않을 만큼 밝아졌을 때, 그는 혼백이 하늘 높은 곳의 구름 위에 있다는 것을 알 수 있었다.

'어어어어!'

천마의 혼백이 강하게 흔들렸다.

어떠한 알 수 없는 힘이 그의 혼백을 끌어당기고 있었다.

인상을 찡그리고 있는 노선인의 이마에서는 굵은 땀방울이 흘러내리고 있었다.

겨우겨우 그의 혼백을 붙잡고 마지막 무언가를 말하려 했다.

'천… 마 자네가 다시 선계로 오고 싶다면 깨달아야 하네.'

'어어어어어! 깨, 깨달다니… 무, 무엇을…….'

노선인의 말이 끝나기도 전에 천마의 아른거리던 혼백이 표류하는 연기처럼 구름 밑으로 빨려들어 갔다.

마지막에 노선인이 무언가 말한 것을 듣지 못했다.

분명 아무 말도 듣지 못했는데, 목숨의 위기에 처한 순간 그가 한 마지막 말들이 머릿속으로 흘러들어 왔다.

'천마, 모든 것에는 인과가 형성되네. 자네의 부활에도……'

'인과… 인과… 인과……'

천마는 멍한 눈빛으로 인과(因果)라는 말을 되새겼다.

그 순간 천마의 눈빛에 새하얀 안광이 짙어지며 원영신에 잠재되어 있던 선기(仙氣)가 움직여 그의 혼 깊숙이 잠들어 있던 힘과 접촉했다.

노선인의 봉인으로 잠재되어 있던 천 년의 마기가 꿈틀거렸다.

간질이듯 선기가 봉인된 마기를 감싸 안는 순간, 수많은 균열이 일어나며 빛 속에서 알이 깨어나듯 찬란한 어둠이 새어 나왔다.

쩌저저적! 쇄아아아아아아!

'빌어먹을 인과!!'

천마의 입꼬리가 올라갔다.

수천, 수만의 쇠사슬처럼 구속하던 봉인이 깨졌다.

잠들어 있던 천 년의 마기가 원영신 전체를 물들이며 천마의 몸에서 검은 운무가 폭발적으로 증식하며 사방으로 퍼져 나갔다.

마교의 교인들은 본능적으로 이 어둠이 무엇인지 알 수 있었다.

"조사님?"

"천마 조사님이시다!"

"와아아아아아!!"

아무것도 보이지 않는 어둠 속에서 천마를 부르짖는 함성이 떠나가라 사방에서 쏟아졌다.

두려움을 자아내는 어둠에 몸을 움츠리던 혈교 전사들의 얼굴이 창백해졌다.

대체 무슨 일이 벌어진 것이란 말인가?

'천마!'

심연과도 같은 어둠 속에서 혈마가 눈을 번뜩였다.

영문을 알 수 없었지만 천마의 마기가 상상을 초월할 정도로 폭증했다.

원영신을 개방한 혈마는 혈교 전사들의 두려움을 느낄 수 있었다.

이대로 기세에서 밀린다면 패배로 이어질 수 있었다.

"흥! 그렇다면 나 역시도 지옥에서 증오와 분노로 끌어 모은 혈마기를 보여주마!"

쇄아아아아아!

혈마의 몸에서 강렬한 붉은 빛이 뿜어져 나오며 넓은 반경으로 퍼져 나갔다.

지옥의 열기로 들끓는 균열 속에서 뻗어 나온 수백, 수천의 손이 일제히 튕겨 나갈 정도로 엄청난 혈마기였다.

그러나.

"이럴 수가?"

엄청난 기세로 뿜어져 나오던 혈마기가 일그러지며 어둠 속으로 빨려들어 갔다.

어둠은 그 외의 어떠한 것도 용납할 수 없다는 듯이 혈마기를 집어삼켰다.

혈마의 눈동자가 떨렸다.

"천마 이노오옴!! 나를 능욕하는 것이냐!"

바로 그 순간 천산 산맥 전체를 뒤덮고 있던 검은 어둠이 일제히 들썩이며 거대한 태풍처럼 회오리를 일으키기 시작했다.

슈우우우우우!

"크윽!"

강렬한 회오리의 기세에 혈마의 신형이 뒤로 튕겨져 나갔다.

급류가 어딘가로 빠지는 것처럼 회오리치는 어둠이 어딘가로 빨려들어 가고 있었다.

천산 산맥 전체를 뒤덮던 검은 공간이 빠르게 줄어들기 시작하더니 이내 어딘가의 중심부를 향해 흡수되어 갔다.

이윽고 거대하던 어둠은 하나의 존재와 일체가 되었다.

"천… 마!"

혈마가 이를 갈며 그 존재를 바라보았다.

검은 장포를 펄럭이며 어둠을 머금고 허공에서 땅 밑으로 내려오는 남자는 바로 천마였다.

그 모습이 마치 어둠을 지배하는 마왕과도 같았다.

'아무것도 느껴지지 않는다.'

혈마가 섣불리 공격하지 못하는 이유가 있었다.

원영신이 개방된 눈으로도 천마에게서 어떠한 힘도 느껴지지 않았다.

마치 실력이 하수인 무인이 무위의 격차가 큰 고수의 힘을 가늠할 수 없는 것처럼 말이다.

천마가 주먹을 꾹 움켜쥐었다.

'봉인이 완전히 풀렸다. 선계에서 쌓은 천 년의 마기를 쓸 수 있게 되었어.'

인간의 육신을 넘어선 그 힘은 가히 마계의 마왕과 버금가리라.

원래라면 선계에서 쌓은 천 년의 마기는 혼백의 원영신 상태로는 쓸 수가 없었다.

하지만 현세에 직접적으로 영향을 줄 수 있는 육신이 있었다.

'적당히 조절해야겠군.'

천마가 멀리 보이는 혈마를 향해 손짓했다.

덤비라는 의미였다.

으득!

"나를 우습게 여기는 것이냐!"

오만한 태도에 방금 전까지만 하더라도 경계심이 가득하던 혈마가 강렬한 혈마기를 발산하며 천마를 향해 악랄한 살초를 펼쳤다.

혈마검법의 절초인 혈살절명(血殺絶命)이었다.

촤촤촤촤촤악!

"엄청난 초식이다!"

서독황 구양경마저도 혀를 내두를 만큼 엄청난 초식이었다.

그 기세만 보았을 때 오황의 누구도 막기 힘들 정도로 패도적이면서도 살의가 가득했다.

그런 엄청난 초식에도 천마는 요지부동이었다.

'대체 어쩌려고?'

지금이라도 절초를 펼쳐야 피해를 줄일 수 있었다.

그 순간 경악스러운 일이 일어났다.

사아아아아아아!

"아닛!"

천마가 앞을 향해 가볍게 손을 뻗자 아무것도 없던 허공과 땅에서 수백 갈래의 검은 운무의 가시가 튀어나와 혈마가 펼치는 절초를 가로막았다.

촤촤촤촤촤악!

혈마가 패도적인 기세로 검초를 펼치며 검은 운무를 베어냈으나, 끝도 없이 쇄도해 오는 가시에 점차 뒤로 밀려 나갔다.

"크윽!"

이대로는 안 된다는 것을 깨달은 혈마가 방법을 바꾸었다.

검초에 두르고 있던 혈마기를 유형화시켜 검은 운무의 가시에 대응해 나갔다.

혈마가 검을 휘두를 때마다 혈마기가 검의 형태로 바뀌어 검은 운무의 가시들을 베어나갔다.

촤촤촤악!

하지만 그 공세가 너무 많았다.

검은 운무의 가시가 끝도 없이 물밀 듯이 밀려오니 막아내는 것이 벅찼다.

정신없이 막아냈지만 조금이라도 틈을 보이면 그 사이를 뚫고 검은 가시가 파고들어 혈마를 꿰뚫으려 했다.

"훙!"

파곽!

죽음에 대한 공포는 애초에 없던 혈마이기에 과감하게 혈마기를 두른 왼손으로 검은 운무의 가시를 파했다.

"잘 막는군. 그럼 위도 막아봐라."

천마가 손가락을 위에서 아래로 까딱거리자 검은 운무의 가시가 위에서 아래로도 생겨나 혈마를 짓눌렀다.

그 형태가 마치 혈마가 혈천광세로 천마에게 공세를 퍼부을 때와 흡사했다.

'네놈이 그렇게 나온다면……'

더 이상 공격을 막기 힘들다고 판단한 혈마가 뭔가를 결심했는지 동공 외의 흰자위까지 완전히 붉게 물들었다.

그와 동시에 혈마의 전신에 붉은 빛의 혈마기가 갑주처럼 둘러졌다.

모든 혈마기와 본신진기를 일체시킨 것이다.

촤아아아아아!

혈마를 향해 찔러들어 간 검은 운무의 가시들이 모든 역량이 집중된 혈마기의 갑주를 뚫지 못하고 일제히 바스러졌다.

"천마 네놈만큼은 반드시 죽이겠다!"

혈마가 고함을 내지르며 천마를 향해 신형을 날렸다.

갑주의 형태이던 혈마기가 하나의 거대한 검의 형태가 되어 모든 것을 관통할 기세로 쇄도해 왔다.

천마가 그것을 바라보며 날카로운 눈빛으로 중얼거렸다.

"내가 할 소리다."

그 순간 천마의 현천검이 허공에 일자를 그렸다.

현첨검이 그린 검은색 선이 일자로 뻗어나가자 그 지나간 자리의 모든 공간이 압축되듯이 일그러졌다.

현천강기의 마지막 경지인 멸천(滅天)이었다.

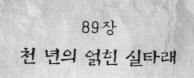

89장
천 년의 얽힌 실타래

현천신공의 십이 단공의 정수라 할 수 있는 현천강기에는 세 가지 경지가 존재한다.

첫 번째가 분천(分天)의 경지라 하여 만물의 기운을 흩어지게 하는 경지이다.

두 번째는 파천(破天)이라 하여 만물의 경지를 파괴할 수 있는 경지이다.

마지막 세 번째 경지는 멸천(滅天)이라 하여 만물의 경지를 전부 무(無)로 돌릴 수 있는 절대적인 힘이다.

분천의 두 배의 마기가 소모되는 파천.

그런 파천의 다섯 배의 마기가 소모되는 멸천은 천마가 현세에서 천 년 전의 전성기 수준으로 마기를 회복해도 단 한 번밖에 사용할 수 없을 정도이다.

그러나 봉인되어 있던 천 년의 마기가 깨어난 지금 그 제한이 풀렸다.

솨아아아아아!

멸천의 검이 스치고 지나간 자리가 공간이 일그러지며 베여 나갔다.

'위험해.'

그 광경에 혈마기와 본신진기의 진수를 모아서 일검을 찔러 가던 혈마가 이를 악물고 신형을 뒤틀었다.

솨아아아아아악! 콰르르르르!

공간마저 베어내는 검이 빗겨 나가 먼 곳에 있는 천산 산맥의 산봉우리 하나를 갈랐다.

잘려 나간 산의 단면 공간이 일렁이며 거대한 진동과 함께 그대로 내려앉아 버렸다.

'빌어먹을!'

이걸 그대로 맞았다면 죽었을 것이다.

그래도 이렇게나마 공격을 피했으니 혈마기의 기세를 높여서 천마에게 쇄도해야 했다.

'아?'

혈마의 동공이 흔들렸다.

방금 전까지 보이던 사정권에 있던 천마의 모습이 사라졌다.

본신진기마저 끌어냈기 때문에 빨리 이 기운을 해소해야 하는데 대체 어디로 갔단 말인가?

바로 그때였다.

"어딜 보고 있는 것이냐?"

"……!"

바로 좌측 옆에서 들려오는 소리에 혈마가 생각할 겨를도 없이 그곳을 향해 몸을 날렸다.

회광반조(回光返照).

해가 지기 전에 가장 밝아진다고 했던가.

남아 있는 모든 역량을 끌어낸 혈마강기의 일검이 이글이글 타오르는 붉은 태양처럼 모든 것을 불사를 기세로 천마에게 쇄도했다.

천마를 향해 혈마가 절규하듯이 외쳤다.

"죽어라! 천마아아아아아아!!"

혈마의 마지막 절초가 닿기까지 불과 열 보 정도밖에 남지 않는 거리에서 천마가 중얼거렸다.

"이 거리에서도 피해봐라."

짧은 찰나의 순간 혈마의 붉게 물든 두 눈동자 속에 천마가 자신을 향해 일자로 현천검을 휘두르는 모습이 새겨졌다.

좌아아아아아악!

현천검에서 흘러나온 검은 선이 붉은 빛으로 물든 거대한 검을 갈랐다.

"크아아아아아악!"

혈마의 비명 소리에 전투를 벌이던 혈교의 전사들이 사색이 되어 외쳤다.

"지존!!"

혈교 그 자체라 할 수 있는 혈마의 위험에 그들은 일제히 싸우던 것을 중지하고 그에게로 달려가려 했지만 이를 토벌대의 무사들이 놓칠 리가 없었다.

"누가 보내준다고 했느냐!"

좌악!

"끄악!"

한 단체 수장의 패배가 미치는 영향은 굉장했다.

목숨을 걸고 결사항전 하던 혈교의 전사들은 혼란에 빠져 제대로 대응하지 못했다.

반면 토벌대의 무인들은 기세가 올라서 더욱 밀어붙였다.

"지금이닷!"

"와아아아아아아아!!"

사기가 치솟은 토벌대 무인들에 의해 혈교 전사들의 희생이 점차 늘어났다.

　같은 시각, 만박자 무명과 육왕 중 네 명의 대결도 끝으로 치닫고 있었다.

　네 화경 고수의 합공에 팽팽하게 맞서던 무명은 두 명의 육왕의 목을 베어냈지만 큰 대가를 치러야 했다.

　푹!

　"크흑!"

　붉은 안광 죽립인의 검이 무명의 가슴을 관통했다.

　무명의 입에서 선혈이 터져 나왔다.

　무공의 경지로는 그들을 압도하는 무명이었지만 체력적으로 많이 지쳐 있었다.

　연로한 무명은 장기간 계속되는 대결에 집중력이 흐트러졌고, 백전노장인 천 년 전의 고수 육왕이 기회를 놓칠 리가 없었다.

　'이, 이게 내 마지막이란 말인가.'

　혈교와의 마지막 전쟁이기에 죽음을 각오한 무명이다.

　주변에서 터져 나오는 함성 소리만 들어도 전황이 나쁘지 않다는 것을 알 수 있었다.

　그렇다면 안심하고 죽을 수 있을 것 같았다.

　"쿨럭쿨럭!"

"흥! 눈도 없는 놈이 지독하구나! 죽어라!"

무명의 가슴을 꿰뚫은 육왕의 일인이 검에 힘을 주어 무명을 반으로 가르려 했다.

그 순간 무명의 양손이 그의 양쪽 관자놀이의 태양혈을 강타했다.

팍!

"크허헉!"

태양혈로 파고드는 심후한 공력에 육왕 중 일인의 칠공(七孔)에서 피가 터져 나왔다.

눈알이 터진 그는 바닥에 쓰러져 비명을 질러댔다.

"내 눈이! 내 눈이! 끄아아아아악!"

"쿨럭쿨럭! 눈이 없어진 걸로 그리 엄살을 피우는 게냐!"

콰직!

무명은 마지막 공력을 짜내어 그의 목을 꺾어버렸다.

두 눈을 잃고 고통스러워하던 그는 목이 반대로 돌아가 그대로 숨이 끊어지고 말았다.

"빌어먹을 놈이!"

오른팔이 잘려서 전투에서 잠시 이탈해 있던 다른 육왕의 일인이 분노에 차서 좌수에 검강을 일으켜 무명의 목을 베려 했다.

'…내 소명을 다했다.'

뒤에서 날카로운 예기를 감지한 무명이 고개를 숙였다.

바로 그때였다.

촤아아아아악!

"끄아아아악!"

거대한 보랏빛 독강이 육왕의 일인의 몸을 뒤덮었다.

전신에 독이 뒤덮인 그는 비명과 함께 그대로 살과 뼈가 독에 녹아버렸다.

찰나의 순간에 마지막 육왕의 일인이 흔적도 없이 사라지고 말았다.

"구… 양 장주?"

마지막 위기에서 무명을 구해준 자는 바로 서독황 구양경이었다.

물론 그가 구했다고 해도 죽어가는 무명이 되살아나는 것은 아니었지만, 적어도 적의 손에 죽음을 맞이하는 것은 막을 수 있었다.

"늦어서 미안하오, 무명 공."

천마의 대결을 지켜보느라 미처 사태를 파악하지 못한 구양경이었다.

털썩!

바닥에 주저앉은 무명이 고개를 저었다.

검이 관통한 부위의 출혈이 심해서 정신이 혼미했다.

마지막이기에 듣고 싶은 말이 있었다.

"두 사람… 두 사람의… 대결은 어찌… 되었소?"

두 사람이라고 지칭했지만 누구를 말하는지 잘 알았다.

죽어가는 무명의 모습에 구양경이 안타까운 목소리로 말했다.

"천마 공이 이겼소. 그는 정말 괴물이오."

누구도 막을 수 없을 거라 생각한 혈마의 마지막 절초를 베어냈다.

그 순간 승패가 결정 난 것이다.

스스로 하나의 검이 되었는데 반 토막이 났으니 말이다.

"그… 것… 참… 좋은… 소식……"

마지막 말을 끝내지 못하고 만박자 무명의 고개가 바닥으로 힘없이 떨구어졌다.

숨을 거둔 무명의 마지막 입가에는 미소가 감돌고 있었다.

혈교를 없애기 위한 수십 년의 시간이 헛되지 않았다는 것을 알게 되었기에 최후의 순간만큼은 웃을 수 있었다.

"클클, 수고했소. 그대의 긴 여정이 끝났소."

오랫동안 알고 지낸 것은 아니지만 동지의 죽음이 달가울 리가 없다.

구양경은 씁쓸한 얼굴로 고개를 절레절레 흔들었다.

이 전쟁에서 너무 많은 이가 희생되고 말았다.

단가의 대종사인 단가려 역시 육왕 중 일인과의 치열한 대결 끝에 양패구상으로 죽음을 맞이했다.

설한신공 최후의 절초를 펼친 대가로 온몸이 얼어붙은 단가려의 시신을 발견한 단가 일족이 통곡을 금치 못했다.

혈교 토벌대를 이끌던 수뇌부 중에 살아남은 자는 그리 많지 않았다.

"그래도 끝은 봐야겠지."

구양경은 남은 혈교의 잔당을 처리하기 위해 비명이 끊이지 않는 전장으로 신형을 날렸다.

한편, 모든 것을 멸하는 멸천의 검에 의해 마지막 절초를 실패한 혈마가 왼팔과 왼쪽 가슴 쪽이 비스듬하게 갈라져 바닥을 나뒹굴고 있다.

마지막 순간 신형을 뒤틀지 않았다면 머리째 반 토막이 났을 것이다.

베어 나간 부위를 뒤덮고 있는 유형화된 마기가 아니었다면 출혈로 벌써 목숨을 잃었을 것이다.

"쿨럭쿨럭!"

혈마가 파란 창공을 쳐다보며 기침을 해댔다.

'더럽게 깨끗하구나.'

수천 명이 넘는 시신으로 인해 곳곳이 붉은 피로 물든 천산 산맥의 설산과 달리 하늘은 여전히 푸르기만 했다.

구름 한 점 없는 이 깨끗한 하늘 아래 혈향이 가득한 전쟁이 벌어졌다.

그 전쟁은 혈교의 패배로 끝을 맺었다.

천 년을 뛰어넘어 다시 한 번 중원을 멸하려 하던 혈마의 대계가 무산되고 만 것이다.

혈마가 고개를 돌려 자신을 한없이 차가운 눈빛으로 내려다보고 있는 천마를 향해 물었다.

"왜 죽게 내버려 두지 않는 거지?"

유형화된 마기 덕분에 겨우 생명을 연장했다.

이 순간에도 끊임없이 자신을 지옥으로 끌고 내려가기 위해 균열 속에서 수많은 손이 움직이고 있었다.

"되지도 않을 짓을 또 반복한 이유가 무엇이냐?"

천마의 물음에 혈마가 어이없다는 듯이 웃어댔다.

"크크크큭, 우습구나, 천마. 아니, 천무경! 네놈이야말로 이 썩어빠진 무림을 엎으려는 것에 동의해 놓고 천 년이 지나서도 나를 막아서는 이유가 무엇이냐?"

혈마의 외침에 천마의 눈빛이 이채를 띠었다.

그의 말대로라면 과거에 천마가 그의 생각에 동의했다는 말이 아닌가.

분노에 젖어 있는 혈마를 향해 천마가 고개를 절레절레 흔들며 입을 열었다.

"네놈, 정말 아무것도 모르고 있군."

"뭐?"

"천 년 전 네놈 손으로 혈뇌를 죽인 것이 그 때문이 아니었나?"

"그게… 대체 무슨 소리지?"

알 수 없는 천마의 말에 혈마의 붉게 물든 눈동자가 파르르 흔들렸다.

무언가를 안다고 생각한 혈마가 아무것도 모르는 듯하자 천마의 눈빛이 실망감으로 물들었다.

바로 그때였다.

"크윽!"

혈마가 자신의 가슴을 손으로 짓눌렀다.

갑자기 그의 전신이 부르르 떨리기 시작하더니 흰자위마저 붉게 물든 우측 눈이 원래대로 돌아왔다.

'이건?'

천마가 인상을 찌푸렸다.

원영신을 개방한 천마의 눈에 선명하게 보였다.

하나의 육신에 들어가 있는 두 개의 혼(魂)이 말이다.

있을 수 없는 일이었다.

전신에 경련이 일어나던 것이 멈추며 이윽고 혈마가 입을 열었다.

"오랜만이군요, 천무경. 아니, 이제는 천마라 불러야 하나요?"

"…그 말투, 네놈 설마 혈뇌냐?"

놀랍게도 혈마의 육신에는 혈뇌가 있었다.

그런데 그 육신을 차지한 것은 혈뇌뿐만이 아니었다.

혈마의 붉게 물든 눈동자 쪽의 좌측 안면이 분노에 찬 사람처럼 잔뜩 일그러져 외쳤다.

"혈뇌! 대체 내게 무엇을 숨기고 있었더냐?"

그 모습이 괴이하기 짝이 없었다.

동공만 붉은 우측 안면은 냉정하면서 고요하기만 했다.

그것은 아주 먼 옛날에 있던 이야기이다.

천 년 전 하고도 수십 년 전.

당시의 무림은 정파와 사파로 나누어져 두 양대 세력에서 하루가 멀다 하고 치열한 공방이 벌어지던 시기였다.

정파의 연합체인 정의맹과 사파인들이 결집하여 만든 사도맹은 무인들의 성향부터 시작해 추구하는 바가 판이하게 달랐기에 서로를 용납할 수 없었다.

격렬한 전쟁에는 항시 명성을 떨치는 새로운 영웅들이 생겨나곤 한다.

당시 정의맹에서는 혜성처럼 나타난 세 명의 신진 고수가 사도맹과의 전쟁에서 큰 공을 세우며 중원 전체로 명성을 떨치고 있었다.

중원의 무인들은 그들 세 명을 일컬어 창천삼협(蒼天三俠)이라 불렀다.

백천검협(白天劍協) 유천.

흑의검협(黑義劍協) 천무경.

적성검협(赤星劍協) 육천명.

공교롭게도 모두 이름에 천(天) 자가 들어가는 젊은 세 명의 신진 고수는 푸른 하늘 아래 정의로운 무림을 만들자는 정의맹의 상징이 되어갔다.

신진 고수로 등장한 창천삼협 중에 유일하게 뿌리부터가 정파 출신인 사람은 당대 정의맹의 맹주인 검성 유경하의 직계 제자인 유천뿐이었다.

나머지 두 사람은 출신지가 불분명하다 보니 무림인들은 자연스럽게 창천삼협의 수장을 백천검협 유천이라고 생각하게 되었다.

이런 세간의 평에 신경을 쓰는 이가 있었다.

명성보다는 마음 가는 대로 행하는 흑의검협 천무경과 다르게 적성검협 육천명은 사람들의 평을 크게 의식했다.

그렇다고 해도 다른 두 사람에 비해 무공이 현저히 부족한 육천명은 대놓고 내색한 적은 한 번도 없었다.

그러던 어느 날, 주해평야에서 정의맹과 사도맹의 전쟁이 벌어졌다.

양측의 전력을 투자한 전쟁에서 사도맹이 패하면서 사파의 힘이 극도로 약화되었다.

덕분에 양대 세력이 접전을 벌이던 무렵에 짧은 평화가 찾아왔다.

평화가 찾아왔으니 명성이 드높은 창천삼협이라고 한들 크게 할 일이 없어질 만도 했다.

그때 백천검협 유천이 두 사람에게 제의했다.

"자네들, 혹시 그 소문 들었나?"

"무슨 소문?"

"중원 최북단의 북쪽 초원을 지나서 북해 패가이호(貝加爾湖)에 명장 일족이 있다고 하더군."

"아, 그 장인들을 얘기하는군."

적성검협 육천명 역시도 들어본 적이 있었다.

북해빙궁에 대한 소문을 말이다.

북해빙궁에서 가장 뛰어난 무인인 단가의 대종사를 꺾으면 최고의 무기를 만들어준다는 이야기는 알 만한 사람은 다 알고 있는 이야기였다.

십 년 동안이나 수많은 고수들이 도전했지만 실패했다고
들었다.

"재미있군. 그자를 꺾는다면 최고의 무기를 준단 말이지?"

싸우는 것 외에는 어떠한 관심도 보이지 않던 흑의검협 천
무경이 처음으로 관심을 보였다.

"자네, 예전에 북쪽 초원에서 그곳 부족들과 지냈다고 하지
않았나?"

"어릴 적의 일이다."

"그래도 그곳에 대해 잘 안다면 초원 지역을 지나가기는 편
하겠군. 그렇지 않아도 북쪽 초원에서 항상 부족민들 간에 전
쟁이 벌어진다고 들었거든."

"또 억지를 부리는 거냐? 쯧."

천무경이 고개를 절레절레 흔들었다.

유천은 자신이 하고 싶은 것이 있다면 고집이 강해서 무조
건 해야 직성이 풀렸다.

결국 창천삼협은 장인의 무기를 얻기 위해 패가이호로 떠
났다.

이때 북행에 따라간 이가 있었는데, 적성검협 육천명의 쌍
둥이 동생인 육지명이었다.

"들었지? 너도 가자."

"혀, 형님, 방주님께서 아시면 진노하실 겁니다."

"쳇, 그곳까지 갔다 오는 데 뭐 얼마나 걸린다고."

"장담컨대 이번에는 방주님, 아니, 아버님이 설교로 끝낼 것 같진 않아요."

사실 육천명은 중원무림에서 정사가 아닌 중도 세력으로 성장하고 있는 적월방의 후계자였는데, 육지명은 그의 쌍둥이 형을 데리고 방으로 돌아가려고 왔다가 도리어 붙잡혀 같이 북행해야만 했다.

우여곡절 끝에 그들은 북해빙궁이라 불리는 단가와 궁가 일족의 마을에 도착할 수 있었다.

당대 단가의 대종사인 단설강은 오랜만에 북해로 찾아와 호기롭게 도전하는 세 젊은이와 겨루었다.

단설강은 초대 대종사 이후 처음으로 설한신공의 극경에 이른 자였는데, 놀랍게도 약관에 불과한 세 명 중에 두 사람이 그와 무승부를 이루었다.

바로 백천검협 유천과 흑의검협 천무경이다.

두 사람은 이미 중원에서도 화경의 고수로 명성을 떨칠 만큼 그 무공이 뛰어났다.

반면 초절정 고수이던 적성검협 육천명은 분전했지만 무위에 미치지 못했기에 끝내 단설강을 이기지 못했다.

호기로우면서 전도유망한 두 젊은이가 마음에 들었는지 단설강은 최고의 장인인 대성사에게 일러 무기를 제작해 주기로 약조했다.

"대종사, 한 달, 아니, 두 달 뒤에 다시 한 번만 겨뤄주실 수 없겠습니까? 이대로는 돌아갈 수가 없습니다."

이때 혼자만 유일하게 패한 육천명이 자존심이 상해 재도전을 신청했다.

"본 종사와 다시 겨루겠다고? 하하하하하핫!"

그런 육천명의 승부욕과 젊은 패기를 높게 산 단설강이 그에게도 무기를 제작해 주기로 약조하였다.

궁가의 대성사는 그들의 무기가 완성되기까지 족히 일 년이 걸린다고 하였다.

"좋습니다!"

최고의 무기를 얻을 수 있다는데 기간이 무엇이 중요할까.

세 사람은 흔쾌히 허락했다.

"형님!"

여기서 안절부절못하는 사람은 오직 육지명뿐이었다.

혼자서라도 적월방에 돌아가고 싶었지만 무공이 너무 약하던 그는 혼자서 초원 지역을 벗어날 방법이 없었다.

"일 년 동안 묵을 숙소가 필요하겠군. 설하야."

"네, 아버님."

부드러우면서도 청아한 목소리였다.

그들이 대결하는 동안 근처에서 하얀 면사포로 얼굴을 가리고 있던 은발의 여인이 앞으로 나섰다.

"이 젊은이들을 마을에 비어 있는 초가로 안내해 주거라."

"네."

네 사람은 그녀의 안내를 따라 마을로 들어갔다.

그 과정에서 평소에 장난기가 많던 육천명이 짓궂은 말장난을 하고 말았다.

"소저는 왜 그렇게 얼굴을 가리고 있는 겁니까? 혹시 너무 못생겨서 그런 겁니까? 그런 거라면 걱정하지 않아도 됩니다. 저희들은 그렇게……."

착!

그의 말이 끝나기도 전에 단설하라 불린 여인이 면사포를 벗었다.

"아……."

어떠한 미사여구로도 표현할 수 없을 만큼 신비로우면서도 아름다웠다.

긴 은발을 흩날리는 그녀는 그야말로 절세미녀였다.

네 명의 젊은 청년은 태어나서 처음으로 같은 생각을 하게 되었다.

이 만남은 훗날 무림에서 창천삼협이라는 이름이 사라지게 만드는 결정적 계기가 되고 말았다.

무공을 연마하며 협행을 해온 창천삼협이 이렇게 한 장소에서 일 년 동안이나 길게 머문 것은 처음이다.

그러다 보니 본의 아니게 마을 사람들과 왕래가 잦아지면서 친분을 쌓을 수밖에 없었다.

몇 달 사이에 마을에는 재미있는 소문이 나 있었다.

"들었어? 외지에서 온 그 청년들이 대종사의 따님께 그리 관심이 많다며?"

"어제는 그 육천명이라는 청년이 꽃을 주고 갔다던데?"

"내가 보니까 그저께는 아가씨께서 천무경인가 하는 그 새까만 옷만 입는 청년이랑 소풍을 가더라구."

"아가씨가 어여쁘긴 하지. 인기도 많으셔라."

워낙 일족만 모여 있는 단가와 궁가이다 보니 대부분의 마을 사람들이 소문을 들을 수밖에 없었다.

네 명의 청년은 경쟁하듯이 적극적으로 단설하에게 관심을 보였다.

젊은 선남선녀가 만났으니 서로에게 관심을 보이는 것은 당연했다.

그러나 마을 사람들은 이 재미있는 소문이 그리 즐겁게만 생각되지 않았다. 오히려 대다수가 안타깝게 생각하고 있었다.

"쯧쯧, 어찌할꼬."

"하늘도 무심하지."

단궁 일족의 오래된 전통 중에 인신공양이라는 것이 있었다.

이 해괴한 전통은 수백여 년 전부터 내려온 것이라고 했다.

차가운 설한의 대지에 단궁 일족이 뿌리를 내리기 시작한 해부터 마을에 괴사가 일어났다.

해마다 태어나는 아이가 죽어나가는 것이었다.

초대 대종사는 갖은 방도를 강구하다 못해 용한 점쟁이를 불렀다고 한다.

점쟁이의 말에 의하면 드넓은 대륙에는 풍수지리적으로 기가 역류하는 곳이 있다고 했다.

점쟁이는 초대 대종사에게 이를 막을 수 있는 극단적인 방법을 알려주었다.

'이곳에서 나오는 괴사를 막기 위해선 십 년에 한 번씩 인신공양을 해야 합니다. 순결한 처녀를 바치면 역류하는 악한 기가 잠잠해질 겁니다. 지금 당장에는 믿기 힘드시겠지만 인신공양을 하지 않는다면 더욱 끔찍한 일이 벌어질지도 모릅니다.'

초대 대종사는 처음에는 오히려 인신공양을 끔찍이 여겨 점쟁이의 말을 믿지 않았다.

하지만 그로부터 십 년이 되던 해에 바라지 않던 끔찍한 일이 벌어졌다.

마을에 알 수 없는 전염병이 돌아 마을 인구의 절반이 죽고 말았다. 결국 그때를 기점으로 인신공양을 하게 되었다.

놀랍게도 인신공양을 한 날부터 단 한 사람의 희생도 일어나지 않았다.

그날 이후로 마을에서는 전통처럼 수백 년간 인신공양이 이뤄졌고, 그것에는 지위 고하가 없었다.

그런데 이번 인신공양의 순서가 바로 대종사의 여식인 단설하였다.

정이 깊어질수록 이 같은 전통을 받아들이기 힘들 거라고 생각한 마을 사람들은 결국 창천삼협과 육지명에게 그 사실을 알려주었다.

"말도 안 돼!"

"어떻게 그런 미신을 믿는단 말인가!"

네 사람은 이 말도 안 되는 인신공양을 당연히 받아들일 수 없었다.

오히려 인신공양에 희생될 단설하를 어떻게 해야 구할 수 있을지 강구하기에 이르렀다.

"그럴 수 없어요. 제가 도망가면 누가 인신공양에 희생하려 할까요."

그녀와 제일 교분이 두텁던 육천명이 설득하려 했지만 마을의 전통을 깰 수 없다는 강경한 의지에 다른 수단을 생각해야 했다.

결국 그들은 이대로 그녀가 산 제물로 바쳐지는 것을 지켜볼 수 없었기에 대종사를 직접 찾아갔다.

외부의 젊은이들이 인신공양을 악습이라며 반대하니 대종사로서는 여간 당황스럽지 않을 수 없었다.

마을에서는 아무런 의심 없이 내려온 관습이었다. 그때 육지명이 대종사에게 제안했다.

"대종사, 만약 저희가 마을에 내렸다는 저주를 없앨 수 있다면 그 해괴한 관습을 폐하실 수 있겠습니까?"

단설강 역시도 딸을 잃고 싶지 않았기에 밑져야 본전이라는 생각으로 허락했다.

큰 기대는 하지 않았지만 그것은 작은 불씨였다. 육천명의 쌍둥이 동생인 육지명은 무공이 약했지만 학문이 뛰어나고 주역과 사주, 풍수지리에도 능했다.

본래 적월방은 술법을 중시하는 도가에서 파생되었는데, 세월이 흐르면서 무가로 발전한 방파였다.

"이런, 역시 마맥(魔脈)이 틀림없습니다. 이런 곳에 일가를 이루었으니 당연히 이런 해괴한 일들이 일어나죠."

육지명은 악한 기가 역류하는 중심지를 끊으면 이 폐해가 없어질 것을 확신했다.

그런데 여기에 문제가 있었다.

이 역류하는 마맥의 흐름을 끊으려면 주변의 기를 흡수할 수 있는 만년한철로 만들어진 보검이 필요했다.

공교롭게도 마침 인신공양의 시기와 그들의 검이 완성되는 시기가 맞물렸다.

그들은 스스로 시험에 들었다.

일 년이나 기다려 온 절세보검을 얻을 기회였다.

무림인이라면 누구나가 고심할 수밖에 없는 순간이다.

'어찌해야 한단 말인가.'

단설하의 아름다움에 반했지만 처음부터 보검이 목적이던 백천검협 유천은 차마 그것을 포기할 수 없었다.

천무경과 육천명은 망설였다.

그러나 두 사람은 과감하게 검을 포기하기로 하고 혈을 끊기 위해 마맥으로 향했다.

그런데 여기에서 문제가 생기고 말았다.

마맥이 있는 동굴로 반도 들어가지 못하고 두 사람은 자연에서 발생한 순도 높은 마기(魔氣)에 노출되었다.

"이건 대체! 끄으으윽!"

"끄아아아악!"

마기는 무공을 익힌 무인이라고 해서 견뎌낼 수 있는 기운이 아니었다.

　두 사람은 쓰러져서 일어날 수가 없었다.

　'안 돼. 이렇게 죽을 순 없어.'

　전신의 기경팔맥을 파고들어 몸을 잠식해 가는 마기. 이것을 제어해야만 살아날 수 있었다.

　'정상적인 운기로 이것을 막을 수 없다면!'

　천무경이 임기응변으로 원래의 운기법에서 혈도를 역행시켰다. 그 순간 놀랍게도 그의 몸을 잠식하던 마기가 서서히 흩어지며 밖으로 배출되기 시작했다.

　"아!"

　천무경은 과거에 단전이 폐해지면서 역혈운기법(逆穴運氣法)으로 단전을 소생시킨 적이 있는데, 그 덕분에 체내로 들어온 마기를 조절할 수 있었다.

　"천명! 육천명! 정신 차려라!"

　"끄르르르륵!"

　사방에서 넘쳐나는 마기가 육천명의 체내로 파고들어 그를 죽어가게 만들었다.

　'안 되겠다.'

　결국 천무경은 혼자서 마맥이 있는 지하 동굴로 들어가 대성사가 주조해 준 만년한철로 만들어진 현천검을 꽂아 마맥을 봉인해 냈다.

마맥을 봉인하자 신기하게도 사방으로 퍼져 나가던 마기가 멎었다.

천무경은 급히 죽어가는 육천명을 업고 마을로 돌아왔다.

마맥의 마기에 노출되었던 적성검협 육천명은 겨우 목숨을 부지할 수 있었다.

하지만 장시간 마기에 십사경맥이 잠식되면서 내공이 독특하게 변화했는데, 적월방의 무공인 적월신공(赤月神功)과 결합되면서 사이한 형태의 이종진기를 가지게 되었다.

이 사이한 기운은 공력으로 발산시키면 위력을 더욱 올려주고, 체내에 활성화될수록 시전자인 육천명의 성격을 변화시켰다.

스스로는 개의치 않는다고 하였지만 갈수록 날카로워져 가는 그를 백천검협 유천과 흑의검협 천무경은 우려했다.

그렇게 천무경이 마맥을 봉인하고 나서 인신공양의 때가 찾아왔다.

"대종사와 대성사는 이러면 아니 되오!"

"당장 공물을 바쳐야 합니다!"

"본인의 여식만 소중하다고 여기는 것이오?"

단가와 궁가의 장로들, 연로한 마을 주민들이 반발하며 당장에라도 인신공양을 해야 한다고 주장했지만 대종사는 강경하게 이를 거절했다.

"언제까지 악습을 따르면서 젊은이들을 희생시킨단 말이오! 만약에 저주로 사상자가 발생한다면 본인이 책임지고 이 목숨으로 갚겠소!"

두 일족의 대표라 할 수 있는 대종사의 다짐을 듣고서야 반발이 수그러들었다.

그리고 며칠이 지났지만 아무 일도 일어나지 않았다.

혹시나 하는 마음에 용한 도사를 초빙하여 살폈더니 분출하는 마맥이 막히면서 더 이상의 폐단은 일어나지 않을 거라는 확답을 듣게 되었다.

"고맙네. 자네야말로 진정한 마을의 은인일세."

이를 기뻐한 대종사 단설강은 흑의검협 천무경을 영웅으로 치켜세워 주고 그를 위해 다시 한 번 만년한철로 검을 주조해 주기로 하였다.

덕분에 천무경은 다시 일 년 동안 마을에서 지내야만 했다.

그런데 창천삼협의 남은 두 사람은 이미 자신들의 검이 완성되었기에 더 이상 마을에 머무를 이유가 없었다.

"너희들 먼저 가라."

굳이 같이 기다릴 이유가 없기에 천무경은 그들에게 먼저 중원으로 돌아가라 권했다.

아쉬운 마음이 들었지만 백천검협 유천은 정의맹을 오랫동안 비워둘 수 없었기에 복귀해야만 했다.

그것은 육천명 역시도 마찬가지였다.

원래부터 일 년 전에 적월방으로 돌아갔어야 하는 상황이었다.

그러나 창천삼협 중에서 단설하와 제일 교분이 두텁던 그는 미련 때문에 망설일 수밖에 없었다.

"형님, 더 지체하면 방주께서 정말 분노하실 겁니다."

미리 서찰을 보냈다고 하지만 기간이 너무 지체되었다.

육지명 또한 단설하를 연모하는 육천명의 속내를 알고 있었다. 하지만 두 사람은 인연이 없었다.

미련이 남은 육천명은 떠나기 전날 밤 단설하를 찾아갔다.

단설하에게 자신과 함께 중원으로 가서 혼인을 하자고 청했다.

일 년 동안 많은 교분을 쌓고 여러 추억이 있었기에 자신의 진심을 알아주리라 여겼다.

그러나 돌아오는 대답은 냉담한 거절이었다.

"육 공자께는 약혼녀가 있다고 들었어요. 그런데 어찌 저와 혼인을 하자고 하시나요?"

"그, 그걸 어떻게……?"

그에게 약혼녀가 있는 사실을 알고 있는 자는 오직 쌍둥이 동생인 육지명뿐이었다.

친동생에게 뒤통수를 맞은 육천명은 큰 충격을 받을 수밖에 없었다.

너무 화가 났지만 자신이 이 사실을 밝히지 않은 것도 있었고, 혈육인 동생에게 해코지를 할 수도 없는 노릇이었다.

"약혼을 파기한다면 진심을 믿어주겠소?"

"저로 인해 육 공자가 무리하지 않았으면 합니다."

"큭! 혹시 유천이나 천무경에게 마음이 있어서 그러는 것은 아니오? 그렇다면 정말 그대에게 실망했소."

"뭐예요?"

의심하면서 거칠게 노려보는 육천명의 태도에 단설하는 당혹스러웠다.

사실 그녀는 육천명에게 호감이 있었다.

그러나 마맥에 다녀온 후로 급격하게 변해가는 육천명의 거칠고 사나운 면모를 감당할 수가 없었기에 육지명의 도움을 받아 이런 핑계를 댄 것이다.

"더러운 년!"

쾅!

그들이 마주 보고 있던 탁자가 육천명의 거친 일장에 산산조각이 나고 말았다.

'어떻게 이렇게 변할 수 있지?'

장난기 많고 정이 넘치던 육천명은 사라진 지 오래였다.

탁자를 부수고 거칠게 다가오는 육천명에게 두려움을 느낀 그녀는 뒤로 물러났다.

"다, 다가오지 마요!"

"이렇게 끝낼 수는 없어!"

격해진 육천명의 전신으로 붉은 아지랑이가 피어올랐다.

바로 그때 누군가 방문을 부수고 들어와 육천명을 제지했다.

"멈춰, 천명!"

"네가 어째서?"

그는 흑의검협 천무경이었다.

파파파팍!

무공에서 현저하게 실력 차이가 있었기에 육천명은 금방 제압되고 말았다.

천무경은 훈혈(暈穴)을 점해서 육천명을 기절시켰다.

"천 공자님!"

두려움에 떨고 있던 단설하는 그를 제압한 천무경을 보고서야 안심할 수 있었다.

다리가 풀렸는지 바닥에 주저앉은 그녀를 한참 동안 달래 준 천무경은 기절한 육천명을 데리고 숙소로 돌아왔다.

'사이한 기운에 사로잡혔다.'

처음에는 우려에 불과했지만 이를 위험하게 생각한 천무경은 유천과 그 동생인 육지명을 불러서 이 같은 이야기를 해주었다.

"형님이 사이한 기운에 사로잡혔다고요?"

"허어, 역시 그랬나."

선천공을 익히면서 선기(仙氣)를 쌓은 유천 역시도 그것을 눈치채고 있었다.

사이한 기운에 사로잡히게 되면 그 사람은 변하게 된다.

천무경의 조언을 심각하게 고민한 그들은 중원으로 돌아가 조치를 취하기로 했다.

원래는 다음 날 일찍 출발하려 한 두 사람은 혹시나 하는 일을 방지하기 위해 훈혈이 점해진 육천명을 데리고 그날 밤 중원으로 떠났다.

그렇게 일 년이라는 세월이 지났다.

일 년이 지나도 두 일족의 마을에서는 괴사는커녕 아무 일도 일어나지 않았다.

인신공양을 하지 않아도 마을에 아무 일도 일어나지 않게 되자 마을의 모든 주민은 눈물을 흘리며 기뻐했다.

마을의 악습의 고리가 끊긴 것이다.

대종사 단설강은 마을을 구한 젊은 영웅과 자신의 여식과의 혼인을 허락했다.

한 번도 외지인을 받아들이지 않던 두 일족에게는 파격적인 결정이라 할 수 있었다.

또다시 일 년이라는 세월이 지났을 때 중원에서 사람이 찾아왔다.

"정의맹의 단주인 교룡이라고 합니다."

스스로를 정의맹 단주라고 정체를 밝힌 교룡은 천무경에게 도움을 청했다.

이미 남은 일생을 북해에서 보내기로 마음먹은 천무경은 정중히 이를 거절했지만 전말을 듣고 나서는 마음을 바꿔야만 했다.

적월방이 사도의 길로 들어섰다는 소식이었다.

적월방의 소방주인 적성검협 육천명이 소림의 십계승 중 한 사람인 각원 선사를 살해하고 서른 명이 넘는 항마승을 죽였다는 것이다.

그것도 모자라 적월방은 이를 두둔하고 정의맹의 무사들과 정파의 중소 문파 세 곳을 멸문시켰다고 한다.

"그럴 리가 없소."

천무경은 이 같은 사실을 쉽게 받아들일 수 없었다.

적월방은 중립 방파를 표방했지만 정파에 가까웠고, 적월방주는 정의감이 넘치는 자였기에 그런 일은 있을 수가 없었다.

"백천검협께서도 같은 창천삼협이던 적성검협을 설득하기 위해 찾아가셨다가 독수에 당해서 치료 중입니다."

"유천을?"

더더욱 믿기 힘든 일이었다.

창천삼협 세 사람의 우정은 누구보다 견고했다.

함께 사도맹과 싸우면서 목숨의 위기를 견뎌내고 승리를 이끈 주역들이다.

막역지우(莫逆之友)인 그들은 서로를 위해 목숨을 던질 수 있다고 자부할 만큼 끈끈한 교분을 자랑했다.

"저희도 원래의 동지나 마찬가지인 적월방을 설득하고 싶기에 이렇게 흑의검협을 찾아온 겁니다."

정의맹의 단주는 마지막으로 설득할 사람이 천무경뿐이라고 하였다.

현재 정의맹은 적월방과 그 산하의 문파들과 대치 중이기 때문에 두 세력과 연관이 없는 그의 도움을 받기 위해 북해까지 찾아온 것이었다.

고민하는 천무경을 움직이게 한 것은 단설하였다.

그녀 역시도 세 사람의 우정이 이렇게 무너지는 것을 원하지 않았기에 천무경의 고민을 덜어주었다.

그렇게 천무경은 부인인 단설하와 함께 중원으로 돌아왔다.

중원으로 돌아온 천무경은 곧장 적월방의 근거지가 있는 사천의 동남부로 향했다.

천무경은 적월방의 근경에 도착한 이후 함께 이곳으로 온 정의맹의 단주에게 아내인 단설하를 부탁했다.

아무래도 단설하를 보게 된다면 육천명의 심기를 거스를 수 있기 때문이다.

"제 걱정은 하지 말고 잘 해결하도록 해요."

아내의 응원 속에 천무경은 적월방에 사람을 보내 육천명에게 따로 만날 것을 청했다.

유천이 적월방까지 찾아갔다가 독수에 당했다고 들었기 때문에 위험을 무릅쓰기보다는 그를 따로 만나는 편이 낫다고 판단했다.

혹시나 하는 우려와 다르게 육천명은 혼자서 약속된 장소에 나왔다.

"아!"

이 년 만에 육천명과 만난 천무경은 놀람을 금치 못했다.

새빨갛게 물든 머리카락에 전신에서 사악한 기운을 풍기고 있는 그는 사도 그 자체라고 할 수 있었다.

오랜만의 해후였는데 천무경을 바라보는 육천명의 눈빛에는 살의가 가득했다.

"네놈이 직접 나를 찾아오다니 목숨이 아깝지 않은 모양이구나."

"천명, 어째서 이렇게 변한 것이냐?"

"변해? 네놈이야말로 내 여자를 빼앗고 본 방주를 소림사에 가둬두게 만들지 않았느냐!"

스스로를 방주라 칭하는 육천명의 말에 천무경이 의아해했다.

더군다나 소림사에 갇혔다는 것은 대체 무슨 소리인가?

"그게 무슨 소리지? 대체 무슨 일이 있던 것이냐?"

"허튼수작 부리지 마라!"

"천명, 나는 정말 네 사정을 모르고 있다. 우리의 교분을 생각한다면 그것을 알려다오. 그래야 내가 너를 도울 것이 아닌가."

정말 아무것도 모르는 천무경의 말에 살의를 불태우던 육천명의 눈빛이 바뀌었다.

분노가 그를 잠식했지만 그들의 교분은 쉽게 부서질 만큼 얕은 것이 아니었다.

사정을 알고 싶다는 천무경의 정중한 부탁에 망설이던 육천명은 지금까지 자신이 겪은 일들을 이야기해 주었다.

"이 년 전, 중원에 도착한 본 방주는 적월방이 아닌 소림사로 보내졌다."

"바로 소림사로 보내졌다고?"

사이한 기운이 골수까지 퍼졌다고 판단한 백천검협 유천은 그를 소림사로 보냈다.

선기로 다스리는 방법도 있었지만, 이 사이한 기운을 다스리고 정화시키기에는 불심이 가득한 소림사가 가장 옳다고 여겼기 때문이다.

소림사의 복마동(伏魔洞)에 갇혀서 매일같이 항마승들에게 둘러싸여 정화 의식을 가진 육천명은 점차 약해져 갔다.

이미 사이한 기운과 일체화되었기에 불심은 그와 상극이었다.

돌아와야 할 소방주가 몇 달씩이나 소림사에 갇혀 정화 의식을 치르고 있다는 것을 알게 된 적월방주 육조명이 소림사를 찾아왔다.

그는 자신의 아들을 돌려달라고 요청했지만 소림사에서는 사악한 마성을 제압할 때까지는 육천명을 돌려줄 수 없다고 거절했다.

'선사, 그렇다면 아들의 얼굴이라고 보게 해주시오.'

그마저도 거절할 수 없던 십계승 중 한 명인 탐계승 각원선사는 적월방주 육조명을 복마동으로 안내했다.

복마동에 도착한 육조명은 야윌 대로 야위어서 죽어가고 있는 육천명의 모습에 가슴이 찢어졌다.

"선사, 이건 아니지 않소. 정화 의식 전에 내 아들이 죽게 생겼소."

"아미타불. 육 시주, 어찌할 수 없습니다. 아드님께서 사악한 마성이 골수까지 퍼졌기 때문에 정화 의식을 마치지 않는다면 큰 화가 일어날 겁니다."

"그러다 아들이 죽으면 어쩔 것이오?"

"마를 정화하여 그리 된다면 자비로운 부처께서 거두서서 극락정토로 가게 될 것입니다."

강경한 각원 대사의 말에 육조명은 더 이상 분노를 참을 수가 없었다.

육조명은 그 자리에서 당장 아들인 육천명을 구속하고 있던 법구들을 벗겨내고 그를 데리고 탈출을 시도하였다.

육조명이 데리고 온 적월방의 무사들도 강했지만 정도 무림의 성지라 불리는 소림사의 항마승들이 쉽게 밀릴 리가 없었다.

"아들아, 내가 어떻게 해서든 너만은 살릴 것이다."

결국 아들을 탈출시키기 위한 육조명의 선택은 동귀어진이었다.

화경의 고수이던 그는 본신 진기마저 소모하여 각원 대사와 항마승들을 죽인 후 힘이 다하여 숨을 거두고 말았다.

"아버님께서는 나를 살리기 위해 희생하셨다."

그때의 일을 떠올리며 분노한 육천명의 몸에서 강렬한 살기가 폭사했다.

겨우 살아남은 육천명은 사천에 있는 적월방으로 돌아왔다.

복마동에서 불심이 가득한 정화 의식으로 몸이 약해질 대로 약해진 그가 할 수 있는 것이라고는 부친의 시신을 수습하는 것뿐이었다.

살아남은 적월방의 무사들은 방주를 죽게 한 소림사를 용서할 수 없었다.

사천의 패자라 불리는 적월방은 중립 방파였지만 그 규모가 굉장히 컸고 산하의 문파만 하더라도 서른 곳이 넘었다.

그렇기 때문에 정의맹에서도 적월방과의 관계를 긴밀하게 이어온 것이다.

"방주님의 죽음을 좌시해선 안 됩니다!"

분노한 적월방의 수뇌부와 방도들은 공식적으로 소림사를 적으로 선포하고 정의맹에도 중재나 간섭을 하지 말라고 연통을 넣었다.

그날을 기점으로 정의맹과 적월방의 긴밀한 관계도 깨져 버렸다.

아무리 적월방이 도움이 된다고 하더라도 소림사는 정도 무림의 상징이자 그 중심이었다.

더군다나 소림사의 방장인 각우 대사가 전대 맹주였기에 사태는 더욱 커져 버렸다.

소림사의 십계승 중 한 명인 각원 선사의 죽음에 정의맹은 전후 사정을 판단하기보다는 적월방에 책임을 물었다.

"이걸 말이라고 하는 것이냐?"

적월방의 부방주이던 육조명의 동생 육금명은 정의맹에서 날아온 연통에 어이가 없다는 듯이 화를 버럭 냈다.

연통에는 죄인 육조명의 시신과 사악한 사공을 익힌 육천명의 단전을 폐해 소림사로 데려온다면 적월방에는 별다른 피해가 없을 거라는 내용이 적혀 있었다.

"본 방을 어지간히도 우습게 여겼구나!"

부방주인 육금명은 정의맹에 단호한 거절의 의사를 밝혔고, 소방주인 육천명을 방주로 추대하여 한 방파의 방주에게 책임을 물을 수는 없다고 하였다.

그리고 한 달이 지나 사천에 있는 정의맹 산하의 문파들이 일제히 적월방으로 진격해 왔다.

적월방의 근방까지 몰려온 군세는 사자를 보내 적월방의 신임 방주 육천명의 신상을 넘기고 정의맹에 항복하라고 권고했다.

"이게 정의맹 네놈들의 대답이냐? 좋다! 전쟁이다!"

오히려 적월방의 심기만 더욱 건드리고 말았다.

사천에 있는 팔 할이 넘는 문파들이 적월방의 산하에 속해 있는데, 당연히 규모 면에서 무림맹 산하의 군세가 상대가 될 리 없었다.

불과 이틀 만에 그들을 전멸시킨 육천명과 적월방은 그들의 수급을 정의맹으로 보낸 후 공식적으로 전쟁을 선포했다.

그날부로 적월방은 사천을 거점으로 정의맹과 대립해 온 것이다.

'아아……!'

이야기를 전부 듣게 된 천무경은 당혹감을 감추지 못했다.

모든 일이 그의 사이한 기운을 정화시키려는 데서 비롯되었다는 것을 깨달았기 때문이다.

'유천, 설마 소림으로 보냈을 줄이야.'

그가 의도한 것은 정의맹주인 검성 유경하의 도움을 받으라는 의미였다.

선천공을 완성한 그라면 완전히는 아니더라도 골수에 차 있는 사이한 기운을 내보낼 수 있다고 판단해서였다.

그런데 백천검협 유천은 완전한 정화를 위해서 육천명을 소림사에 맡겼다.

'융통성이 없는 녀석이라고 생각은 했지만.'

그 선택이 일을 이렇게까지 키워 버렸다.

전대 적월방주인 육조명의 죽음의 원인 중 하나라 할 수 있는 유천이 육천명을 설득할 수 있을 리가 만무했다.

사태가 더 걷잡을 수 없을 만큼 커지기 전에 육천명을 설득해야 했다.

"천명, 자네의 분노는……."

바로 그 순간 뒤에서 느껴지는 수백에 가까운 예기에 천무경의 두 눈이 커졌다.

수백의 화살이 기습적으로 날아온 것이다.

당황한 천무경은 날아오는 화살들을 막아냈지만 내공이 실려 있었기에 전부 막지 못하고 왼쪽 어깨에 꽂혔다.

팍! 팍!

"크윽!"

갑작스러운 공격에 천무경이 흔들리는 눈빛으로 육천명을 바라보았다.

그런데 육천명의 반응도 천무경과 다를 바가 없었다.

분노했는지 핏줄이 올라온 눈으로 살기가 차올라 천무경을 노려보고 있었다.

"네놈이 나를 속이다니!"

"그게 무슨?"

기습 공격을 감행한 자들은 적월방의 사람들이 아닌 것 같았다.

화살이 날아온 방향에서 수백 명의 인영이 함성을 지르며 달려오는 모습이 보였다.

그들이 입은 푸른색의 정(正)이라 새겨진 상의에 천무경의 두 눈에 당혹감이 서렸다.

'이게 대체 무슨 짓이지?'

자신에게 육천명을 설득해 달라고 한 정의맹이 어째서 이곳에 함정을 파고 기다리고 있단 말인가?

그런데 더더욱 당혹스러운 것은 정의맹 무사들의 태도였다.

선두에 서서 진격해 오는 정의맹의 단주로 보이는 자가 그들을 향해 외쳤다.

"정의를 저버린 사악한 적도들을 죽여랏!"

그들의 목표는 단순히 육천명뿐만이 아니었다.

영문을 알 수 없었지만 죽일 듯이 공격해 오는 정의맹의 무사들에게 목숨을 내어줄 수는 없는 노릇이었다.

천무경은 싸우는 내내 그들을 설득하려 들었지만 소용없었다.

이들을 이끌고 온 단주 임무금은 화산파 매화검수였는데, 사도맹과의 전쟁 시절부터 창천삼협을 시기하고 끊임없이 모함해 온 자였다.

"임무금, 내가 어째서 이곳에 왔는지 알지 않나?"

"허튼소리! 뿌리가 하찮은 것의 말을 본 단주가 믿을 것 같으냐!"

파파파파팍!

임무금의 검결이 매화꽃 모양을 그리며 천무경의 요혈을 노렸다.

설득이 통하지 않는 임무금의 태도에 천무경은 본능적으로 이것이 자신마저 제거하려는 함정이라는 것을 확신했다.

정의맹 내에서도 창천삼협 중 명문 정파 출신이 아닌 자신과 육천명을 질투하고 시기하는 자들이 많다고 여겼지만 이것을 구실 삼아 자신마저 노릴 줄은 몰랐다.

'북해까지 온 게 함정이었다니.'

어이가 없었다.

사태가 이렇게 꼬여 버리자 문득 천무경은 아내인 단설하가 걱정되었다.

육천명과 만나기 전에 정의맹의 단주인 교룡이라는 자에게 아내를 보호해 달라고 부탁했다.

'빌어먹을!'

단설하가 위험하다고 생각한 천무경의 손속에 망설임이 사라졌다.

세상에서 자신이 유일하게 사랑하는 아내를 노린다면 누구라도 용서할 수 없었다.

좌좌좌좌악!

"끄아아아악!"

절묘한 검초로 단숨에 임무금을 베어버린 천무경은 수백에 이르는 정의맹 무사들의 포위망을 뚫고 아내가 기다리기로 한 모가촌으로 향했다.

그리고 모가촌의 마을 외곽에 있는 단목객잔으로 달려간 천무경은 절망하고 말았다.

객잔 내로 들어가기도 전에 혈향이 코를 자극했다.

안으로 들어서자 객잔 내에는 수많은 시체가 여기저기 널브러져 있었다.

점소이부터 시작해 숙수, 손님들까지 한 사람도 남김없이 주검이 되어 있는 모습에 천무경이 떨리는 심장을 진정시키고 객잔 이층의 숙소를 뒤졌다.

이곳 숙소 중의 한 곳에 단설하가 머물고 있다.

쾅!

하나씩 뒤져가던 천무경은 한 방에서 아내의 물품으로 짐작되는 옷가지가 사방에 펼쳐져 있는 것을 발견했다.

그런데 그것이 다가 아니었다.

방에는 정의맹의 무사복을 입은 사내 다섯 명이 바닥에 쓰러져 있었다.

그들의 몸에 흐르는 피로 보아 그리 오랜 시간이 흐른 것

같지는 않았다.

'어째서 정의맹의 무사들이 죽어 있는 거지?'

이해할 수가 없었다.

이들이 이곳에 있다는 것은 분명 자신의 아내를 노린 게 틀림없었다.

그런데 아내를 노린 자들이 주검이 되어 있다.

'설마… 육천명?'

이 같은 일을 막을 만한 자는 적월방 사람들일 확률이 높았다.

천무경이 죽은 자들의 시신에 남겨진 검흔을 살펴보니 확실히 적월방의 독문 무공인 적월검법의 검초가 확실했다.

으득!

화를 주체할 수 없는 천무경은 이를 갈았다.

겉으로는 대화를 받아들이는 척해놓고 뒤에서 아내를 노릴 줄은 몰랐다.

창천삼협 간의 우정을 지키기 위해 북해에서 내려온 천무경으로서는 이 같은 상황에 너무도 화가 났다.

하지만 아내를 연모하던 육천명이라면 그녀를 해하지 않았을 거라 여긴 천무경은 곧장 적월방을 찾아갔다.

그러나 적월방으로 가는 길마다 수많은 적월방의 방도들과 산하의 세력에게 공격을 받게 되면서 천무경은 육천명은커녕 적월방의 근거지가 있는 야안(枒安)의 근경조차 진입하지 못했다.

도저히 어쩔 수가 없었기에 육천명에게 사람을 보내 아내의 행방을 물었지만 돌아오는 것은 암살자들뿐이었다.

화경의 고수이긴 했으나 혼자의 힘만으로 적월방의 힘을 감당하기 힘들다는 사실을 인지한 천무경은 어쩔 수 없이 방법을 선회했다.

그는 정의맹에 있는 백천검협 유천의 도움을 받기 위해 호남의 북부로 향했다.

비록 자신을 시기 질투하던 자들의 공격을 받았지만 교분이 두터운 유천이라면 도와줄 거라 여겼기 때문이다.

그러나 그런 천무경의 바람은 정의맹의 본 단에 도착하기도 전에 박살 나고 말았다.

정의맹에서 천무경을 적월방과 결탁한 무림 공적으로 선포를 한 것이다.

"무림 공적 천무경이다!!"

"잡아라!"

"놈의 수급을 취하는 자는 영웅이 될 것이다!"

사도맹과의 대전쟁에서 동료이던 정파 무림인들이 하나같이 천무경을 잡기 위해 공격해 왔고, 심지어 천라지망마저 펼쳐 그를 압박해 왔다.

옛 교분이나 정을 이야기하며 설득하려 들어도 아무 소용이 없었다.

그들은 천무경을 잡아서 공적을 얻는 데 혈안이 되어 있었기 때문에 대화를 시도하는 척하면서 독수를 쓰기 일쑤였다.

천무경은 두 달이 넘게 천라지망 속에 갇혀 죽을 위기를 수없이 넘기게 되면서 점차 변해가기 시작했다.

무뚝뚝함 속에 정의감이 넘치던 그는 양대 세력에 내몰리면서 모든 것에 실망한 나머지 거칠고 누구도 믿지 못하는 성격으로 변모했다.

으득!

"적월방! 정의맹!"

천라지망에서 벗어나 정의맹의 영역이 아닌 광동성에 들어선 천무경은 아무 세력도, 아무 힘도 없는 자신을 원망하며 절망하게 되었다.

거대한 양대 세력을 적으로 삼은 그가 아내를 되찾고 저들의 마수에서 벗어나기 위해서는 자신만의 세력과 압도적인 무력이 필요했다.

'…힘이 필요해.'

복수를 다짐한 천무경은 광동성을 지배하는 패자를 찾아갔다.

중원무림의 최강자라 불리는 무림삼절 중 가장 위험한 남자라 불리는 마검왕(魔劍王) 백경.

정사와 상관없이 자신의 길을 걸어가는 그자만이 자신을 도울 수 있었다.

마검왕 백경은 삼절이라 불릴 만큼 뛰어난 무력을 지녔고 패왕의 자질을 가진 자였지만 무림의 패권에는 관심이 없었다.

백경은 서역에서 들어온 조로아스터교의 영향을 받아 파생된 배화교(拜火敎)의 장로로서 불의 교리를 널리 알리기 위해 포교 활동에 열중하고 있었다.

수소문 끝에 그를 찾아낸 천무경은 그에게 자신을 제자로 받아달라고 하였다.

그렇게 오 년이라는 세월이 흘렀다.

정의맹과 사도맹이라는 양대 세력으로 나누어져 있던 중원무림의 정세가 완전히 뒤바뀌게 되었다.

사천에서 그치지 않고 청해, 감숙, 운남까지 영역을 넓힌 적월방은 정사 무림을 없애고 무림인들을 절멸시키겠다는 교리를 내세운 혈교(血敎)로 변모하게 되었다.

적월방주인 육천명은 무림을 피로 물들이겠다며 스스로를 혈마(血魔)라 칭했다.

그 흉흉한 기세에 두려움을 느낀 정의맹과 사도맹은 처음으로 힘을 합쳐 무림맹을 세우게 되었다.

그렇게 두 세력이 사납게 부딪치는 도중에 무림에 새로운 세력이 나타났다.

중원 남부 지역인 광서성과 광동성을 중심으로 불을 숭상하는 배화교가 성행했는데, 그곳에는 마검왕 백경을 비롯한 수많은 강자들이 있었다.

다만 그들은 무림보다는 종교적인 색채가 강해서 양대 세력이 전혀 신경 쓰지 않았는데, 이들이 천마신교(天魔神敎)라는 거창한 이름으로 무림에 개파 선언을 하면서 팽팽하게 균형을 이루던 무림의 판도가 바뀌게 되었다.

그저 신생 문파라 여긴 천마신교는 개파 선언 후 한 달 만에 귀주성에 있는 혈교 산하의 문파들을 전부 멸문시키면서 그 두각을 드러냈다.

"천마신교?"

무림맹에서는 새롭게 등장한 신생 세력인 천마신교에 관심이 쏠렸다.

불을 숭상한다고 알려진 천마신교를 단순한 일개 집단으로 치부했는데 아무래도 오판인 듯했다.

혈교의 세력권인 귀주성을 점령한 것을 보면 그들과 접선할 필요성이 있었다.

잘하면 양대 세력의 균형을 무너뜨릴 수 있다고 생각한 무림맹에서는 천마신교에 사자를 파견했다.

하지만 천마신교에 사자로 보낸 열두 명 중에 돌아온 자는 오직 단 한 명뿐이었다.

그 한 사람도 두 눈이 뽑힌 채로 무림맹에 이송되어 왔다.

이 사태에 무림맹주 검성 유경하를 비롯한 무림맹의 수뇌부는 분노를 금치 못했다.

"이게 대체 어찌 된 영문이란 말인가! 사자를 보냈는데 전부 수급으로 오다니!"

어지간한 일에는 크게 흔들리지 않는 유경하였지만 목함에 담겨져 이리저리 구르고 있는 열한 개의 수급을 보고는 진노했다.

유일하게 살아남은 이는 충격이 심한지 제대로 말조차 하지 못했다.

두 눈을 천으로 감싸고 있는 사자는 며칠이나 치료를 받고서야 입을 열 수 있었다.

그리고 그의 입에서 거론되는 말에 모두가 경악하고 만다.

"그자! 그자입니다!"

"그자라니?"

"흑의검협 천무경! 그가 천마신교의 교주입니다!"

예상하지 못한 이름에 좌중은 혼란에 빠졌다.

가장 큰 반응을 보인 자는 창천삼협의 수장이었지만 지금은 검선(劍仙)이라는 별호로 더욱 명성을 떨치고 있는 유천이었다.

"그게 무슨 소리요? 무경이라니?"

유천의 이런 반응은 당연했다.

그는 혈교가 적월방이던 시절 사자로 갔다가 지독한 독(毒)에 당해 선천진기에 손상을 입고 몇 달 동안이나 선천공을 운기하며 요양에 들어갔다.

그가 선천진기를 회복한 후 나왔을 때는 흑의검협 천무경이 무림의 공적이 되어 추살당해 시신조차 찾지 못했다는 이야기를 들었다.

교분이 두텁던 창천삼협의 한 동료는 사도에 빠지고, 한 동료는 무림의 공적이 되어 죽음을 맞이했다는 소문에 큰 충격을 받은 유천이었다.

"무, 무경이 살아 있었다니!"

이보다 기쁠 수는 없었다.

하지만 무림맹의 입장에서는 절대로 기쁜 일이 아니었다.

정의맹 시절에 천라지망까지 펼쳐서 추살했다고 여긴 존재가 한 단체의 수장으로 나타났으니 당혹스러웠다.

"스승님, 아니 맹주님, 제가 직접 천마신교에 가서 무경을 설득하겠습니다."

유천의 말에 유경하가 나무랐다.

"허어, 혈교에 그렇게 당하고도 정신을 차리지 못하는 게냐!"

"다릅니다. 천명은 마기가 골수에 미쳐서 구할 수 없었지만 무경은 아닙니다. 그는 충분히 설득할 여지가 있습니다."

유천이 알고 있는 천무경은 무뚝뚝함 속에 누구보다도 정이 넘치는 자였다.

그의 올곧은 성격 때문에 무림인들이 별호에 의(義)를 집어넣지 않았는가.

하지만 모든 진실을 알고 있는 일부 수뇌부의 입장에서는 천무경이 절대로 설득되지 않을 거라는 사실을 알고 있었다.

추살을 주도하던 수뇌부 중의 한 사람인 하북팽가의 가주 팽간영이 고개를 저으며 반대했다.

"그것은 본인도 반대일세. 검선께서는 무림맹의 상징이나 마찬가지이네. 일말의 가능성만 믿고 전처럼 독수에라도 당한다면 아군의 사기에 큰 영향을 미칠 걸세."

화산파의 장문인 악종겸 역시도 그 말에 동의했다.

"안타깝지만 검선께서는 자중하시게. 그는 예전의 동료이던 본 장문인의 제자마저 망설임 없이 죽일 만큼 변질했네."

화산파의 대제자이자 정의맹의 단주이던 임무금의 죽음을

거론하자 유천은 말문이 막히고 말았다.

자신도 천무경이 그를 죽였다는 이야기를 들었을 때 믿을 수가 없었다.

검선으로 인해 분위기가 묘하게 돌아가자 점창파의 장문인인 영학군이 의견을 냈다.

"이건 어떻겠습니까? 검선 공의 말대로 천무경이 창천삼협으로 공을 세운 것도 무시할 수는 없으니 한 번의 기회를 주는 것이 어떻겠습니까?"

"기회? 이 수급들이 보이지 않소?"

사자를 보냈는데 전부 목을 베어서 보내왔다.

또다시 사람을 보내봐야 같은 일이 반복될 확률이 높았다.

"사자를 보낼 필요는 없습니다. 열 개의 단을 보내서 적당한 위협을 통해 자리를 만든 후 경고하여 항복을 권유하도록 하지요."

무림맹의 하나의 단은 오백 명의 무사로 구성되어 있었다.

그런 단을 열 개를 보낸다는 것은 오천 명이나 되는 대규모의 병력을 보낸다는 말이다.

그 정도의 전력이라면 단일 문파 다섯 개를 하룻밤 만에 전멸시킬 수 있는 전력이다.

"고작 신생 문파를 상대로 열 개의 단을요?"

"잊었소? 별달리 위협이 안 된다고 방심했다가 혈교라는 거대한 적을 만들었습니다."

"음."

영학군의 말에 회의실에 있는 모든 수뇌부가 동의했다.

확실히 지금 당장에 위협을 주지 않는다고 방치해 뒀다가 더욱 곪아 들어갈 수 있었다.

사전에 설득되지 않는다면 후환을 없애는 편이 나았다.

'명분도 충분하군.'

이미 사자들의 목을 벤 것도 있고 마지막 항복 권유마저 거절한다면 그들을 칠 수 있는 명분이 생긴다.

결국 맹주의 최종 승인이 떨어지며 열 개의 단이 추려져 그들의 근거지가 있다는 십만대산으로 출진했다.

이것을 제의한 점창파의 장문인 영학군이 수장으로 출진했기에 유천은 그나마 안심할 수 있었다.

"영 장문인, 부디 그를 설득해 주시기 바랍니다."

"최선을 다하겠네."

그러나 유천은 모르고 있었다.

영학군 또한 천무경을 추살하는 천라지망을 운용하던 일곱 수뇌부 중의 한 명이었다.

보름에 걸친 진군 끝에 십만대산까지 반나절을 남겨두었을 때, 영학군은 사자 세 명을 차출해서 천마신교로 보냈다.

그들은 영학군이 직접 적은 서찰을 가지고 갔는데, 거기에는 천마신교의 해체와 교주인 천무경의 무조건적인 항복을 권하는 내용이 적혀 있었다.

그것은 절대로 설득이 아닌 상대를 자극하기 위한 목적이었다.

'자네들의 희생으로 후환을 제거할 수 있네.'

아무것도 모르는 사자들은 부디 설득이 통하기를 바라는 간절한 마음으로 천마신교로 향했다.

그들이 먼저 천마신교로 향한 이후 영학군은 열 개의 단을 이끌고 십만대산으로 들어섰다. 어차피 답은 정해져 있었기에 진군해야 했다.

십만대산의 산봉우리들이 둘러싸인 협곡을 지날 무렵이었다.

'앗!'

화경의 고수인 영학군의 기감을 자극하는 수많은 기운이 협곡의 좌우에 있는 산봉우리들에서 느껴졌다.

그 숫자가 도무지 가늠하기 힘들 만큼 너무 많았다.

"매, 매복이 있다! 퇴각하라! 당장 퇴각하라!"

"퇴각하라!!"

영학군의 내공이 실린 외침에 단주들이 무림맹의 무사들에게 다급히 퇴각하라고 외쳤다.

그러나 이미 그들은 매복해 있는 자들의 사정권에서 벗어날 수 없는 위치까지 진군해 있었다.

차차차차차차차!

협곡의 좌우에서 하늘을 가득 메울 만큼 수많은 화살이 비처럼 쏟아져 내렸다.

단순한 화살이라도 막기 힘들 정도의 양이었는데 그것에는 내공마저 실려 있어서 그야말로 죽음의 화살 비였다.

푸푸푸푸푹!

"끄악!"

"내 눈! 내 눈에 화살이 꽂혔어!"

"으헉! 사, 살려줘!"

고통스러운 비명이 끊이질 않았다.

엄청난 숫자의 화살 비가 그들을 고슴도치로 만들었다.

오천 명에 이르는 무림맹의 무사 중에 무공이 약한 이들은 그대로 화살에 노출되고 말았다.

절정 이상의 무위를 지닌 대주급 이상의 고수들이 분전했으나 소용없었다.

이미 화살만으로도 육 할 이상의 무사들이 죽임을 당하고 말았다.

"크윽! 이게 무슨 불찰이란 말인가!"

수장인 영학군은 돌이킬 수 없는 사태에 비관했다.

협곡의 위쪽을 올려다보니 수를 헤아리기 힘들 만큼 엄청 난 인원의 검은 옷을 입은 천마신교의 교인들이 밀려 내려오 고 있었다.

"와아아아아아!!"

사기가 넘치는 함성을 내지르며 파도처럼 밀려 내려오는 군 세에 살아남은 무림맹의 무사들은 아연실색하고 말았다.

얼핏 보아도 만 명은 족히 되는 대규모의 군세였다.

협곡에서 매복해 기습하지 않았더라도 정면으로 부딪친다 면 전멸할 만큼 엄청났다.

'미, 믿을 수가 없다.'

'고작 단일 문파가 어찌 이런 엄청난 전력을 가지고 있단 말 인가?'

수백의 문파가 뭉쳐서 만들어진 무림맹과 달리 천마신교는 단일 단체였다.

그런 단체에서 이렇게 많은 전력을 가지고 있자 절망스럽지 않을 수가 없었다.

자라나기 전에 후환을 없앨 수 있는 그런 수준이 아니었 다.

'빌어먹을! 퇴각해야 한다.'

분에 겨웠지만 여기서 퇴각하지 않는다면 남은 이천 명의 전력마저 잃게 될 것이다.

영학군은 후방의 선두까지 다급히 경공을 펼쳐서 남은 무림맹의 무사들에게 퇴각을 외치며 그들을 이끌었다.

그러나.

"이, 이럴 수가!"

그들이 퇴각하려는 후방에서도 천마신교의 수천에 이르는 군세가 진군해 오고 있었다.

이미 수적으로는 중과부적 그 자체였다.

앞뒤가 가로막힌 무림맹의 무사들은 전의를 상실하고 말았다.

그때 그들의 눈앞에 익숙한 얼굴의 사내가 모습을 드러냈다.

"처, 천무경!"

원래도 사내다운 모습이었지만 북해로 가 있던 시간까지 합쳐서 육 년 만에 만난 그는 거칠면서도 야성이 넘치는 사내로 변모해 있었다.

그의 등장에 만 명이 넘는 교인들이 협곡 전체가 울릴 만큼 거대한 함성을 질렀다.

"와아아아아!! 천마신교 천천세!!"

이미 전의를 상실한 무림맹의 무사들 중에는 바닥에 무기를 떨어뜨리고 주저앉는 이들까지 생겨났다.

항복하는 것 이외에는 어떠한 방법도 없었다.

치욕스러웠지만 방법이 그것뿐이기에 영학군은 양손을 들고서 천무경의 앞으로 다가가 무릎을 꿇었다.

"처, 천무경 교주, 우리가 졌소. 항복하겠소. 부디 자비를 베풀어주길 바라오."

이천 명이 넘는 인원이 항복했는데 그들을 죽이는 우를 범하진 않을 것이다.

그렇게 된다면 그것은 더 이상 전장이 아니라 학살이 되기 때문이다.

영학군의 항복에도 천무경의 싸늘한 눈빛에는 아무런 변화가 없었다.

오히려 그의 입에서 나온 말은 절대로 듣고 싶지 않은 명령이었다.

"전부 죽여라."

"천무경 교주! 어찌 이럴 수 있단 말이오?"

어이가 없다는 듯이 항의하는 영학군을 바라보며 천무경이 냉정하게 말했다.

"웃기는군. 네놈들이 자행한 것은 생각도 하지 않는 것이냐?"

죽음을 두려워한 영학군이 애원하는 목소리로 말했다.

"처, 천무경 교주, 자, 자네는 창천삼협의 일인이 아닌가? 본맹에서 푸른 하늘을 만들기로 하던 그 맹세를 잊었는가?"

"푸른 하늘?"

정의맹 시절부터 창천(蒼天)이라는 이념을 가진 무림맹이
다.

그들이 말하는 푸른 하늘은 정(正)과 의(義)가 넘치는 무림
이었다.

하지만 천무경에게 있어서 창천은 이미 삼 년 전에 갈가리
찢겨졌다.

아내가 행방불명되고 동료라 믿은 모든 이들에게 배신당하
고 숱한 죽음의 위기를 맞이한 순간부터 그는 변했다.

고오오오오!

천무경의 몸에서 풍겨져 나오는 엄청난 마기(魔氣)와 살기(殺
氣)에 영학군의 얼굴이 새하얗게 질렸다.

예전부터 젊은 나이에 괴물처럼 강하다고 느꼈지만 팔 년
새에 완전히 달라졌다.

화경의 고수인 그마저도 가늠할 수 없는 엄청난 역량의 눈
앞에서 느껴졌다.

'서, 설마 현경의 경지에 올랐단 말인가?'

경악해하는 영학군을 향해 천무경이 살기가 넘치는 목소리
로 외쳤다.

"나는 네놈들이 말한 그 푸른 하늘을 부술 것이다! 그리고
위선에 가득 찬 무림맹과 혈교를 무림에서 지울 것이다!"

"으으으으으! 처, 천무경!"

"천무경? 헛소리 집어치워라! 정과 의라는 위선과 달콤함에 취해 있던 어리석은 천무경은 죽었다!"

촤악!

더 이상 분노를 이기지 못한 그는 영학군의 목을 베었다.

'베, 베었어?'

'영학군 장문인의 목을?'

영학군을 따라서 무릎을 꿇고 대기해 있던 무림맹 무사들의 눈빛이 당혹감으로 물들었다.

구파일방의 장문인 중 한 사람이 허무하게 목숨을 잃고 말았다.

탁!

'네놈들이 나를 악마로 만들었다. 그 하늘을 부숴 버릴 악마.'

얼마나 놀랐는지 두 눈을 부릅뜬 채 데굴데굴 구르는 영학군의 머리를 발로 밟으며 천무경이 살아남은 무림맹의 무사들을 향해 포효하듯이 외쳤다.

"나는 천마(天魔)다!!"

"전멸이라니?"

새로운 아군을 만들거나 후환을 없애고자 하던 무림맹의 선택은 최악의 수가 되어버렸다.

무림맹의 수뇌부 중에서 누구도 열 개의 단을 전멸시키리라고는 상상도 하지 못했다.

'아아아, 무경……!'

유천으로서도 더 이상 그를 옹호할 수 없었다.

구파일방부터 사파의 각 방파에서 선별한 오천 명을 죽였기에 설득을 권할 수 있는 선을 지나 버렸다.

그날을 기점으로 무림맹은 천마신교를 마교라 부르고 무림의 공적으로 공표했다.

그러나 이들이 예상하지 못한 부분이 있었다.

천마신교는 무림맹에 속하지 않은 무림인들을 적으로 삼지 않았으며, 각 중원에 지부를 세워 교리를 널리 전파하면서 민초를 지원했기에 의도하는 만큼 여론을 몰아갈 수 없었다.

그렇게 이 년의 시간이 흐르면서 무림은 이강에서 삼대 세력의 구도로 바뀌었다.

혈마가 이끄는 혈교.

천마가 이끄는 마교.

검선을 내세운 무림맹.

본래 무림맹은 검선 유천의 스승인 검성이 맹주로 있었으나 무림맹의 전력이 비어 있을 때 혈교의 침공을 받아 그 전쟁에서 전사하고 말았다.

한 문파에서 연이어 맹주를 연임할 수 없는 무림맹이었기에 무당파의 장문인인 옥선 진인이 새로운 맹주로 부임했다.

하지만 실질적으로 무림맹을 이끄는 것은 영웅 검선이었다.

참으로 공교로운 일이 아닐 수 없었다.

한때는 창천삼협(蒼天三俠)으로 이름을 드높이던 세 청년 영웅은 서로를 죽여야만 하는 숙명의 적이 되고 말았다.

쏴아아아아!

비가 많이 내리는 우기(雨期).

혈교의 영역인 운남의 최남단으로 백여 명의 고수가 침투했다.

중원에 수많은 지부를 세우면서 무림에서 세 손가락에 꼽을 만큼의 정보력을 갖춘 마교에서는 육 년 전부터 한 여인을 찾고 있었다.

중원에서 볼 수 없는 은발의 여인을 찾고 있었지만 지금까지 그 존재를 발견하지 못했다.

그러다 운남 최남단에 있는 비화곡(悲花谷)에서 약초꾼과 사냥꾼들 사이에 도는 괴이한 소문을 접하게 되었다.

비화곡의 사람이 다닐 수 없는 계곡 한가운데에 동굴이 있는데 그곳에 은발에 선녀(仙女)가 있다는 것이다.

민가에서 들려오는 소문이었기에 쉽게 접할 수 없었지만 교의 위세가 커지고 일반 교인들도 늘어나면서 십만대산의 마교 성의 본 단에까지 그 정보가 넘어왔다.

쏴아아아아!

폭우로 인해 비화곡 전체에 가득한 노란 황매화의 꽃잎들이 계곡 아래의 격류로 휩쓸려 내려가고 있다.

"어디지?"

"이쪽입니다, 교주님."

계곡 근방에 있는 약초꾼 마을의 교인 아찬이 백여 명에 이르는 고수들을 안내하고 있다.

그의 뒤를 따라 선두에서 움직이는 흑의의 남자는 바로 천마였다.

백여 명에 이르는 고수들은 마교에서 선별한 최고수들이었다.

더 많은 이들을 이끌고 올 수도 있었지만 혈교의 영역이기 때문에 최대한 눈에 띄지 않고 이동하기 위한 최소한의 병력이었다.

"아!"

콸콸콸콸!

폭우로 인해 불어난 계곡의 격류는 어지간한 고수라도 휩쓸렸다가는 빠져나오기 힘들어 보였다.

그들을 안내하던 약초꾼 아찬이 비화곡의 계곡 중 한 곳을 가리켰다.

"저 동굴들 중 하나입니다."

가파른 계곡의 가운데 부근에 수많은 작고 큰 동굴들이 보였다.

그런데 그 위치가 발 디딜 곳도 없는 가파른 계곡의 한가운데에 있어서 확실히 평범한 사람들이 이동하기엔 힘들어 보였다.

적어도 무림인이 아니고서는 저곳에 들어갈 수 없을 것 같았다.

폭우와 계곡 아래에서 몰아치는 격류로 인해 워낙 시끄러워 소리를 친다 해도 동굴 안에 있는 이가 들을 수 없을 것 같았다.

'제발.'

천마는 기감을 열어 계곡의 반대편에 있는 동굴로 집중했다.

한참을 집중하던 천마는 흔들리는 눈빛으로 반대편 계곡의 한 동굴을 향해 경공을 펼쳤다.

현경의 경지인 천마는 심후한 공력을 바탕으로 단숨에 동굴로 들어갔다.

"교, 교주님!"

말릴 겨를도 없었다.

적과의 싸움에 사정을 두지 않더라도 냉정함만큼은 잃지 않는 교주 천마였다.

그런 그들은 처음 보는 천마의 조급해 보이는 모습에 의아해했다.

"교주님이 나오실 때 발을 디딜 수 있게 밧줄을 설치하라!"

"충!"

촤촤촤악!

삼 장로 남천의 명령에 교인들이 미리 챙겨온 쇠뇌에 밧줄을 걸어 계곡의 벽에 쏜 후 나무 기둥에 묶어 고정하기 시작했다.

한편, 계곡 안으로 들어온 천마는 안쪽의 온기를 느꼈다.

뚝뚝!

젖은 옷에서 떨어지는 물방울 소리가 동굴 안을 울렸다.

천마의 귓가로 동굴 안쪽에 들려오는 미세한 호흡 소리가 들려왔다.

그런데 호흡 소리가 하나가 아니었다.

의아한 마음이 들었지만 그리움으로 몇 년을 버텨온 천마는 더 이상 참을 수가 없었다.

"설하!"

천마의 목소리가 동굴에 메아리처럼 울려 퍼졌다.

제발 동굴 안에 있는 호흡 소리의 주인이 그녀이길 바랐다.

떨리는 마음으로 한 번 더 그 이름을 부르려는 순간, 동굴 안에서 가벼운 발걸음으로 달려오는 소리가 들려왔다.

타타타타탁!

분노와 냉정함으로 칠 년을 보내온 천마의 눈시울이 붉어졌다.

동굴 안에서 찰랑거리는 은발을 흩날리며 달려온 여인이 천마의 품으로 안겼다.

수척해 보이는 얼굴에도 여전히 그 아름다움을 잃지 않은 그녀는 바로 단설하였다.

"설하!"

꽉!

천마는 뜨거운 눈물을 흘리며 그녀를 끌어안았다.

매일 눈을 뜰 때마다 그려오던 단설하가 자신의 품 안에 있다.

그의 품에 안겨서 가만히 있던 단설하가 갑자기 그를 밀치더니 상기되어서 눈물이 범벅이 된 얼굴로 원망스럽다는 듯이 천마의 가슴을 주먹으로 쳤다.

"왜, 왜 이렇게 늦은 거예요? 내가 얼마나 기다렸는데."

"…미안해."

단설하는 모르고 있었다.

천마가 수많은 죽을 고비를 넘겨가며 숱하게 그녀를 찾아 헤맨 사실을 말이다.

변명하는 성격이 아닌 천마는 그저 그녀의 원망 섞인 투정을 받아줄 뿐이었다.

그때 동굴의 안쪽에서 울음소리가 들려왔다.

"응애, 응애!"

오랜 해후로 뜨거운 눈물을 흘리며 감격스러워하던 천마의 표정이 굳었다.

자신의 귀가 잘못된 것이 아니면 분명 아기의 울음소리였다.

울음소리가 들리자 단설하는 당혹스러운 표정을 지으며 천마를 바라보다 동굴 안쪽으로 뛰어들어 갔다.

심장이 타들어가는 심정으로 천마는 그녀를 따라 동굴 안쪽으로 들어가 보았다.

그 안에는 작은 화로가 있고 침대를 비롯한 살아가는 데 필요한 가재도구들이 자리하고 있었다.

"괜찮아, 괜찮아."

침대 위에서는 단설하가 막 돌이 지난 아이를 끌어안고 부드럽게 쓰다듬으며 달래고 있었다.

큰 충격을 받은 천마는 일순간 다리의 힘이 풀릴 뻔했다.

대체 이 아이는 누구란 말인가?

아이를 끌어안고 있는 단설하가 천천히 고개를 돌려 붉어진 눈시울로 천마를 바라보았다.

"미안해요. 정말 미안해요."

그 말만으로도 어떠한 일이 있었는지 알 수 있었다.

눈물을 흘리는 단설하를 한참을 바라보던 천마는 아무 말 없이 그녀와 아이를 끌어안았다.

천마는 아무것도 묻지 않았다.

오직 그동안 고통스러운 시간을 보낸 그녀를 보듬을 뿐이었다.

한참을 그렇게 끌어안고 있던 그녀가 안정이 되자 천마가 부드럽게 말했다.

"돌아가자. 집으로."

"아이는……."

"…우리 아이잖아."

천마의 말에 그녀는 너무 미안하면서도 고마움으로 가슴이 뭉클해졌다.

진정이 된 그녀의 상태를 살펴보니 단전이 폐해져 무공을 잃은 상태였다.

천음지체인 단설하는 대종사에게 설한신공을 전수받아 절정의 무공 실력을 지녔기에 위험하기는 했지만 충분히 가파른 계곡을 벗어날 수 있는 실력을 지니고 있었다.

'내공까지 폐하면서 그녀를 가둬두다니.'

속에서부터 불타오르는 분노로 입술을 질끈 깨물었다.

그녀를 되찾은 애틋한 감정으로 겨우 진정시켰으나 놈을 죽여야겠다는 생각은 더더욱 견고해졌다.

'육천명, 아니, 혈마!'

더 이상 천마의 마음속에는 과거의 교분 따위 존재하지 않았다.

그의 손으로 혈마를 죽여야겠다는 생각뿐이었다.

천마는 단설하와 아이를 끌어안고 동굴 안에 있는 두꺼운 모포를 덮은 후 밖으로 나갔다.

거칠게 비가 내리는 동굴 밖에는 교인들이 쇠뇌를 쏘아서 설치해 놓은 밧줄들이 다리가 되어 있고, 덕분에 경공을 펼치지 않아도 지나갈 수 있게 되었다.

"꽉 잡고 있어."

"네."

꼭 안기는 단설하의 온기에 천마의 입꼬리가 올라갔다.

팽팽하게 고정해 놓았지만 거친 빗줄기와 바람으로 흔들거리는 밧줄을 천마는 평지를 걸어가듯이 단숨에 통과했다.

그런데 다리를 건넜는데 건너편에서 기다리고 있을 교인들이 보이지 않았다.

채채채채쳉!

멀지 않은 곳에서 병장기 부딪치는 소리가 들려왔다.

천마는 단설하를 끌어안은 채로 그곳을 향해 서둘러 경공을 펼쳤다.

'이놈들은?'

근방의 숲속에서 백 명에 이르는 교인들과 수십 명 정도 되는 붉은 옷을 입은 무사들이 싸우고 있었다.

붉은 옷의 무사들은 다름 아닌 혈교의 무사들이었다.

운남은 혈교의 영역이기에 최대한 인적이 드문 경로로 이동했는데 아무래도 들킨 듯했다.

촤악!

"끄악!"

최고의 고수들을 선별한 마교인들에 비해 비교적 무력이 부족한 혈교의 무사들은 반수 이상이 죽었고 고작 열 명 정도만 살아남아 있었다.

"크윽!"

그런 혈교의 무사들 사이에서 익숙한 얼굴이 보였다.

천마의 두 눈이 그자에게 꽂혔다.

"육지명!"

그는 혈마 육천명의 쌍둥이 동생인 육지명이었다.

혈교에서 혈뇌라는 별호로 군사의 역할을 맡고 있다는 그가 어째서 사천에 있는 혈교의 본 단이 아닌 이곳 운남에 있는 것일까?

파르르르!

그런데 모포 안에 가려져 있던 단설하가 육지명이라는 이름에 몸을 심하게 떨었다.

마치 극도의 두려움을 느끼는 사람처럼 말이다.

"천무경!!"

마교의 교인들에게 둘러싸인 육지명 역시 갑자기 나타난 천마를 발견했는지 외쳤다.

병장기 소리와 바깥에서 들리는 빗소리에 많이 놀랐는지 단설하의 품 안에 있는 아이가 울음을 터뜨렸다.

"응애, 응애!"

으득!

육지명이 이를 갈면서 조급한 목소리로 천마를 향해 소리쳤다.

"천무경, 당장 내 여자와 아이를 내놓으십시오!"

'……'

그 순간 천마의 두 눈이 차갑게 식어버리다 못해 싸늘해졌다.

폭우마저도 우습게 여겨질 만큼 강렬한 살기가 폭사되어 나오더니 이내 천마의 신형이 번개처럼 육지명의 앞으로 파고

들어 그의 목을 움켜쥐었다.

"컥!"

"내 아내를 납치한 개새끼가 네놈이었냐?"

목이 잡혀 꼼짝하지 못하는 육지명이 고통스러운지 눈에
핏줄이 섰음에도 두려워하지 않고 천마를 노려보았다.

단설하를 납치했다고 생각한 범인은 혈마 육천명이 아니
었다.

모포 속의 강한 떨림이 그것을 말해주고 있었다.

90장

결(結)

천마는 여태껏 아내인 단설하를 납치한 범인을 혈마 육천명
이라고 생각했다.

그렇기 때문에 어떻게든 그 소재를 알아내기 위해 혈교를
압박했는데 몇 년을 허비해도 알 길이 없었다.

포로로 잡아온 혈교인 중에서도 단설하를 알고 있는 자가
없었다.

오히려 은발이라는 말에 처음 들어본다는 반응이다.

"육지명!"

여태껏 한 번도 생각하지 못한 그가 범인이었다.

북해에 있을 때도 혈마에게 방파로 돌아가기를 권한 그가 단설하를 숨겨두고 있으리라고 어떻게 추측하겠는가.

천마의 머릿속에 그동안의 모든 일이 스쳐 지나갔다.

'설마……'

단설하가 행방불명되었던 그날이다.

모가촌의 마을 외곽에 있는 단목객잔으로 갔을 때 정의맹 무사들의 시신이 있었다.

적월검법에 난자된 시신들.

그 당시만 하더라도 그들은 정의맹 단주인 교룡의 수하들이었는데, 단설하를 보호하려다 죽음을 당했을지도 모른다고 생각했다.

'그러고 보니 시신들의 훼손이 심해서 확인하지 못했다.'

사라진 단설하를 찾아야 한다는 생각에 시신들의 신분을 제대로 확인하지 않은 천마였다. 생각해 보면 그곳에 정의맹 단주 교룡의 시신도 있어야 했는데 보이지 않았다.

사고가 거기에까지 미치자 천마의 머릿속은 수많은 사건을 전부 끼워 맞출 수 있었다.

"네놈이었구나, 육지명. 네놈이 꾸민 짓이었어."

천마는 살기가 가득한 목소리로 육지명을 노려보았다.

위협을 당하는 상황 속에서도 육지명의 눈빛에서는 일말의 두려움도 보이지 않았다.

오히려 천마를 비웃기까지 했다.

"크큭, 그걸 이제야 알다니 참 빠릅니다. 저보다도 똑똑하다고 여겼는데 순진하다 못해 멍청하군요."

"교룡… 그놈, 정의맹 사람이 아니구나."

"당연한 거 아닙니까? 시신이 없을 때 눈치채셨을 줄 알았는데 늦게도 아셨군요."

비아냥거리는 육지명의 말투에 그의 목을 움켜쥐고 있는 천마의 손에 더욱 힘이 들어갔다.

"캑캑!"

고통스러운지 육지명의 얼굴이 새빨갛게 물들었다.

"감히 혈뇌 님을!"

마교의 고수들과 싸우던 혈교의 무사 중 한 명이 육지명의 비명 소리에 천마의 뒤를 기습적으로 노렸다.

오른팔에는 모포를 둘러싼 단설하를 껴안고 있고, 왼손에는 육지명의 목을 쥐고 있기 때문에 천마의 등은 무방비 상태였다.

"교주님!"

당황한 삼 장로 남천이 다급히 외쳤다. 그러나 혈교 무사의 기습적인 공격은 통하지 않았다.

촤악!

천마가 오른발로 진각을 밟자 바닥에 고여 있던 빗물이 튀어오르며 날카로운 바늘처럼 달려드는 혈교 무사의 전신을 관통했다.

파파파파파파팍!

"커커커커커컥!"

전신이 피로 물든 무사가 바닥에 쓰러지자, 남아 있던 아홉 명의 혈교 무사들은 전의를 상실하고 말았다.

"교주라고?"

"처, 천마!"

천무경이라고 했을 때는 몰랐다. 하지만 천마의 정체를 알게 되니 당혹스러웠다. 현 무림에서 가장 강하다고 불리는 세 명의 무인 중 한 사람이 아닌가. 현경의 경지에 오른 절대자라고 들었지만, 절정의 고수를 고작 진각 한 번에 검기를 실어 죽일 정도로 괴물일 줄은 몰랐다.

댕그랑!

자신들의 주군마저 잡힌 마당에 방법이 없다고 판단한 혈교의 무사들은 들고 있던 무기를 바닥에 떨구고 두 손을 들어 항복의 의사를 밝혔다.

천마가 목을 부러뜨릴 듯이 힘을 주던 것을 풀고 입을 열었다.

"그때 정의맹을 움직인 것도 네놈 짓이냐?"

"쿨럭쿨럭!"

숨이 막힌 육지명이 기침을 해대다가 대답했다.

"하아, 더 숨길 필요도 없지요. 아주 간단했습니다. 당신을 시기하던 정의맹의 간부 몇 명에게 정보를 알려주자 옳다구나 하고 병력을 이끌고 오더군요. 예전부터 멍청한 쓰레기들이 많다고 생각했지만 너무 의도한 대로 잘 움직여서 칭찬해 주고 싶을 정도……."

미처 말이 끝나기도 전에 소름이 돋을 정도의 살기에 육지명은 입을 다물었다.

살갗이 베여 나간다는 느낌을 받을 정도의 살기가 전신을 옥죄었는데, 언제라도 그를 죽일 수 있다고 경고하는 듯했다.

'이놈에게 모두가 놀아났다고?'

천마는 속에서부터 끓어오르는 분노를 자제하기 힘들었다.

모든 사건의 원흉은 바로 육지명이었다.

그로 인해 창천삼협은 다시는 돌아설 수 없는 갈림길에 서게 되었고, 세 사람은 서로를 죽이기 위해 수많은 생명을 걸고 싸우게 된 것이다.

그렇게 그들이 죽일 듯이 싸우고 있을 때 육지명은 천마의 아내인 단설하를 숨겼다.

'잠깐, 그렇다면 그놈도 모르고 있다는 소리인가?'

생각해 보니 무림의 삼대 세력 중 하나인 혈교의 군사인 혈뇌 육지명이 이렇게까지 단설하를 숨길 이유가 없었다.

이렇게 사람이 돌아다니기조차 힘든 비화곡에 그녀를 숨겼다는 것은 혈마가 이 사실을 전혀 모를 확률이 높았다.

피도 눈물도 없을 만큼 잔혹해진 혈마가 이 사실을 알게 된다면 과연 육지명을 어떻게 할까?

"크헉!"

천마는 가볍게 육지명의 목을 꺾어서 기절시켰다. 당장에 아내를 능욕한 그를 죽일 수도 있었지만 그러기에는 너무 편안한 죽음이었다. 육지명을 용서하기에는 그가 벌인 모든 짓은 천마뿐만이 아니라 아내인 단설하, 검선 유천, 혈마 육천명에게 고통을 주었고 무림의 수많은 사람의 목숨을 앗아갔다.

'네놈은 고통스럽게 죽어야 한다.'

"놈을 포박해라."

"다른 녀석들은 어떻게 할까요?"

"전부 죽여라."

"충!"

후환이 될 자들을 살려둘 만큼 자비로운 천마가 아니었다.

혈교인들을 처리한 천마는 운남을 벗어나 광서성으로 들어서기 전까지 혈뇌 육지명을 포로로 데리고 왔다.

단설하가 불편해하지 않도록 무공을 폐하고 혈도를 점해서 깨어나지 않게 했다.

광서성으로 오게 된 천마는 한 중소 표국에 의뢰해서 육지명을 표물로 사천에 있는 혈교의 근거지로 보냈다.

물론 표물 안에는 모든 진실이 적혀 있는 서찰도 동봉되어 있었다. 그리고 한 달 뒤에 무림맹과 마교는 세작들을 통해 악마의 뇌라고 불리는 혈뇌가 처형당했다는 소식을 듣게 되었다.

혈교인들은 그의 죽음의 정확한 원인을 몰랐다. 그저 혈뇌가 혈교의 규율을 어겨서 처형당했다고 알 뿐이었다.

혈뇌의 죽음 이후 혈교는 완전하게 변했다. 더욱 수단과 방법을 가리지 않고 무림을 압박했고, 심지어 금지된 술법으로 강시 등을 풀어서 수많은 사람을 죽음으로 몰아갔다.

정사의 무림뿐만이 아니라 모든 무림인을 절멸시키려 드는 혈교의 잔악무도함에 무림맹과 마교는 공동의 적을 상대하기 위해 손을 잡게 되었고, 불과 일 년 만에 혈교는 멸망하고 말았다.

"천 년 전에 네놈 손으로 혈뇌를 죽인 것이 그 때문이 아니었나?"

"그게… 대체 무슨 소리지?"

알 수 없는 천마의 말에 혈마의 붉게 물든 눈동자가 파르르 흔들렸다. 무언가를 알고 있다고 생각한 혈마가 아무것도 모르는 듯하자 천마의 눈빛이 실망감으로 물들었다.

바로 그때였다.

"크윽!"

혈마가 자신의 가슴을 손으로 짓눌렀다.

갑자기 그의 전신이 부르르 떨리기 시작하더니 흰자마저 붉게 물든 우측 눈이 원래대로 돌아왔다.

"오랜만이군요, 천무경. 아니, 이제는 천마라 불러야 하나요?"

"…그 말투, 네놈 설마 혈뇌냐?"

놀랍게도 혈마의 육신에는 혈뇌 육지명이 있었다.

그런데 그 육신을 차지한 것은 혈뇌뿐만이 아니었다.

혈마의 붉게 물든 눈동자 좌측 안면이 분노에 찬 사람처럼 잔뜩 일그러져서 외쳤다.

"혈뇌! 대체 내게 무엇을 숨기고 있었더냐?"

그 모습이 괴이하기 짝이 없었다. 동공만 붉은 안광을 띠는 우측 안면의 혈뇌는 아무 반응도 하지 않았다. 아무래도 모든 진실을 알지 못한다고 생각한 천마는 좌우로 얼굴이 나뉜 혈마의 머리를 향해 손을 갖다 댔다.

"무슨 짓이냐?"

"가만히 있어라."

천마의 손에서 새하얀 선기가 집중되자 혈마의 얼굴이 일그러졌다. 어차피 죽어가고 있었기에 혈마기와 상극인 선기가 파고든다고 해서 달라질 것은 없었지만 고통스럽기는 매한가지였다.

치치치칙!

"끄으으으윽!"

선기가 머릿속을 파고들자 놀라운 일이 일어났다.

천 년 전 과거에 있던 일들이 천마의 시점으로 직접 겪은 것처럼 순차적으로 머릿속에 보이는 것이 아닌가.

모든 기억이 주입되자 천마가 손을 떼었다.

영혼에 봉인되어 있던 마기와 모든 힘이 해금되면서 천 년 동안 수련한 선인의 능력을 자유롭게 쓸 수 있게 된 천마였다.

천 년이라는 세월 동안 알지 못하던 진실.

그것은 혈마를 큰 충격에 휩싸이게 만들었다.

골수에 파고든 혈마기로 인해 감정을 주체하지 못한 천 년 전과 다르게 원영신을 개방함으로써 현실을 이성적으로 바라볼 수 있게 되었다.

"네놈이, 네놈이 어떻게 그럴 수 있단 말이냐!"

붉게 물든 눈동자 좌측 안면에 있는 혈마가 분노로 얼굴이 잔뜩 일그러져 외쳤다. 지금까지 진실을 알고 있다고 생각했지만 혈마는 정말 아무것도 몰랐다. 혈마는 천 년 전 죽는 순간까지도 자신을 악마로 변모하게 만든 모든 원흉이 검선과 천마라고만 여겼다.

그런데 그런 혈마가 어째서 혈뇌를 처형한 것일까?

"독을 먹고 자결한 것도 이것을 숨기기 위해서였단 말이냐?"

"자… 결?"

자결이라는 말에 천마의 눈이 이채를 띠었다.

천 년 전 세작들이 파악하기로 혈뇌는 공식적으로 처형된 것으로 알고 있었다.

말없이 분노를 토해내는 혈마의 말을 듣고 있던 혈뇌가 드디어 입을 열었다.

"천마, 그대가 나를 목함에 집어넣고 표물로 보내려고 한 전 날 밤이었죠."

혈도가 점해져 정신만 멀쩡한 채로 목함에 갇혀 있는데 누군가가 봉해져 있는 목함의 뚜껑을 열었다.

눈동자만 움직일 수 있던 혈뇌 육지명의 동공에 비친 그자는……

"설하였습니다."

"뭐?"

단설하가 목함을 열었다는 말에 천마의 표정이 굳었다.

그것은 그 역시도 모르고 있던 일이다.

아이가 중간에 한 번씩 깨어나면 울어대는 통에 그녀가 달랜다고 밖으로 왔다 갔다 했다는 것만 알고 있었다.

그다음 혈뇌가 하는 말에 천마를 비롯한 혈마 모두 말을 잃고 말았다.

"목함을 연 그녀가 독이 발라진 단도로 나를 찔렀습니다."

독에 죽었다는 말에 의아해했는데 설마 그 범인이 단설하일 거라고는 상상도 못했다.

몇 년 동안이나 고통 속에 시간을 보냈기에 끝까지 혈뇌 육지명의 얼굴을 보지 않으려 하던 그녀가 그런 짓을 할 줄은 몰랐다.

눈만 부릅뜬 채로 바라보는 혈뇌 육지명을 향해 그녀가 말했다.

'저는 당신을 죽어서도 용서할 생각이 없어요. 하지만… 당신 때문에 긴 세월 동안 고통받은 당신 형이 마지막까지도 증오로 혈육을 해치는 것을 원하지 않아요.'

그 말을 듣는 혈마의 눈동자가 파르르 떨렸다.

그들이 창천삼협으로 명성을 떨치던 순수하던 시절. 그 시절을 기억하고 추억을 되새기는 것은 그들만이 아니었다. 단설하 역시도 여전히 그때를 기억했다.

장난스럽던 육천명의 모습.

늘 똑똑하다고 자부하면서도 그런 형에게 휘둘리고 어쩔 줄 몰라 하던 육지명.

진중한 척하지만 허당기가 넘치고 융통성이 없는 유천.

말수는 적었지만 늘 따뜻한 모습을 보여주던 천무경.

가장 행복하면서 근심이 없던 시절이었다.

북해에서 연모하는 그녀를 구하기 위해 머리를 맞대고 고민하며 힘을 합치던 그들이 이렇게 서로를 해하는 모습은 너무도 가슴이 아팠다.

분노를 주체하지 못하던 혈마의 눈빛의 차츰 고요해져 갔다.

'설하……'

지옥에서조차 무림에 대한 분노와 복수 하나만을 생각하던 혈마였지만 유일하게 그 피폐해진 속내를 밝혀주는 한 줄기의 빛이 존재했다.

창천삼협 시절 북해에서 보여주었던 그녀의 미소.

그것을 떠올릴 때면 폭주하려던 자신을 유일하게 진정시킬 수 있었다.

"설하가 독이 묻은 단검으로 찔렀다고? 그럴 리가 없다."

천마가 혈뇌의 말에 반문했다. 단설하는 무공을 익혔지만 무인으로서는 어울리지 않는 성격을 지녔다.

타인을 해하거나 상처 입히는 것을 원하지 않는 그녀가 아무리 증오했다고 해도 혈뇌를 죽음으로 몰아갈 리가 없었다.

그녀의 앞에서 그를 죽이지 않은 것도 그런 이유에서였다.

"단검으로 가볍게 저를 찌른 그녀는 천마 당신이 써둔 서찰도 바꿔놓았죠."

천마는 두통이 일어나는 듯 인상을 찡그리며 이마를 손으로 짚었다.

자신의 입으로 모든 전말을 적어놓았다고 말했다.

그것을 보고 나서 혈마가 혈뇌를 곱게 살려둘 리가 없었다.

형제가 서로를 상잔하는 것을 막기 위해 그녀는 서찰을 바꿔치기해서 비어 있는 종이를 넣어두었다.

"그렇게 저는 천마 당신의 뜻대로 표물로 실려 보내졌죠."

마교의 교인들은 변장해서 일반인인 척하여 중소 표국에 의뢰했다. 무림에서는 사람이 실려 있는 표물을 옮기는 일이 종종 포함되어 있었기에 표국에서는 이를 거절하지 않았다.

표물로 이동하는 동안 독에 중독되었기에 죽을 날을 기다리던 혈뇌는 며칠이 흘러도 몸이 약해진다거나 죽을 기미가 보이지 않았다.

"시간이 흘러서 알게 되었지요. 그녀가 찌른 단검에는 목숨에는 지장이 없을 정도의 가벼운 독이 묻어 있었다는 것을요."

그녀를 납치한 것도 모자라 강제로 범했기에 증오로 자신을 죽이고 싶어 할 거라는 예상과는 완전히 다른 결과였다.

몇날 며칠을 이동하면서 혈뇌는 결론을 내릴 수 있었다.

"목숨에 지장이 없는 소량의 독만 묻은 단검으로 찌른 이유는 증오로 맺어진 연을 끊겠다는 의지… 라고 생각되더군요."

비화곡에 가둬두었을 때조차도 증오하는 눈빛보다도 오히려 쓸쓸해하거나 안타까운 표정만으로 그를 바라보던 단설하였다.

일그러진 사랑으로 비뚤어진 혈뇌는 도저히 그것을 이해할 수 없었다.

"독에 중독되지 않았다면서 어째서 독에 중독된 시신으로 온 것이냐? 설마……."

혈마가 뭔가 짐작하는 것이 있는지 인상이 굳어졌다.

단설하가 중독시킨 것이 아니라면 범인은 그를 옮겨온 표국에 있다는 소리가 아닌가.

"표사들의 표행이 사천으로 들어설 무렵이었죠."

목함에서 유일하게 식사를 할 때만 뚜껑이 열려 바깥의 공기를 마실 수 있던 혈뇌이다.

해가 저물고 그날 저녁, 표사들이 야영지를 만들고 난 후 목함의 뚜껑을 열어 혈뇌에게 음식을 먹였다.

그런데 혈뇌는 이때 이상한 것을 발견했다. 그에게 음식을 떠먹이는 표사의 눈빛에서 긴장과 더불어 미묘한 살기가 보였다.

단전이 폐해져 무공을 상실했지만 그런 것을 감지하지 못할 리가 없었다.

'끄으으윽!'

식사를 주던 표사가 나간 지 얼마 지나지 않아 배 속을 칼로 난자하는 것만 같은 고통에 사로잡혔다.

혈도만 제압되어 있지 않았다면 쓰러져서 데굴데굴 굴렀을 것이다.

입술이 차가워지는 것을 느낀 혈뇌는 자신이 독을 먹었다는 사실을 인지할 수 있었다.

독은 치사량에 가까운 양이었는지 점차 몸에서 힘이 빠지고 정신이 혼미해져 갔다.

"그때 목함의 밖에서 목소리가 들리더군요."

그것은 표물의 배달을 맡은 표사들이 대화를 나누는 소리였다.

"확실히 했겠지?"

"단전도 폐해진 자입니다. 그 정도 양이면 일각도 버티지 못하고 죽을 겁니다."

"잘했다. 아무리 표물이라고 해도 이런 천인공노할 자를 혈교로 보낼 수야 없지. 구천을 떠돌 표국주님의 한이 풀리겠구나. 하하핫!"

이것은 표국에 의뢰한 천마조차 예상하지 못한 변수였다. 그들은 혈교에 원한 관계를 가지고 있던 표국이었던 것이다.

악연으로 이어져 있으니 그들이 혈뇌의 생김새나 얼굴을

몰라볼 리가 없었다.

"그런데 표두님, 나중에 문제가 되지 않을까요?"

"문제될 게 있나. 표물을 배달할 때부터 독에 중독되어서 죽어 있었다고 하면 되지."

"그럼 저희를 붙잡고 표물을 의뢰한 대상자를 찾으려 할 텐데요. 그걸 발설이라도 한다면 본 표국이……."

마교의 교인들이 정체를 감췄지만 표국 사람들은 처음부터 마교인들이 의뢰했다는 것을 알고 있었다. 표사는 진퇴양난의 상황을 우려한 것이다.

"진 표사, 굳이 마교를 거론해서 평지풍파를 일으킬 필요가 있나. 혈교에서 광서성으로 쳐들어오기라도 한다면 어쩌려고 말이야."

"그럼?"

"너무 작은 문파를 대면 난리가 날 수 있으니… 아, 그래. 무림맹에서 보냈다고 하면 되겠군. 혈교와 적대 관계인데다 무림의 삼대 세력이니 아무리 그들이라고 한들 함부로 나서겠나."

'끄윽! 안 돼!'

목함 안에서 죽어가는 혈뇌는 이 사태를 어찌해야 할지 당혹스러웠다.

자신이 죽는 것도 문제였지만 만약에 혈마가 분노를 이기지 못하고 무림맹과 정면 대결이라도 하게 된다면 혈교는 최악의 사태에 직면하고 만다.

'안 돼. 그렇게 되면 마교가 그 기회를 놓치지 않고 본 교의 뒤를 칠 텐데… 끄으으윽!'

그동안은 혈육인 그가 혈마를 진정시키는 역할을 하면서 군사로 혈교의 전력을 관리했지만, 혈마가 직접 전력을 움직이게 된다면 분명 극단적으로 굴 게 뻔했다.

"표사들의 말이 사실이더군요."

일각이 지났을 때 무림을 좌지우지하던 악마의 뇌라 불리는 혈뇌가 겨우 독에 중독되어 허무한 죽음을 당하리라고 누가 생각이나 했겠는가.

움직일 힘이 없는 혈마는 입술을 질끈 깨물었다.

혈육이자 군사라 할 수 있는 혈뇌의 죽음으로 혈마는 분노를 이기지 못했다.

하지만 혈뇌에 비하면 뛰어난 지략을 가지지 않은 그라고 해도 무작정 무림맹과 전쟁을 벌이게 된다면 마교에서 뒤를 칠 것이란 사실 정도는 알고 있었다.

혈마는 아직까지 제대로 통제할 수 있는 수단도 없고 한 번 풀리면 그 수가 기하급수적으로 늘어나는 바람에 그동안 사용하기를 꺼려오던 강시를 동원하였다.

강시를 푼 파급 효과는 상상을 초월했다.

무차별적으로 인육을 탐하는 강시로 인해 무림뿐만 아니라 중원 전체가 초토화된 것이다.

　그 피해가 수십만 명에 이르게 되자 결국 전 무림과 관까지 하나가 되어 혈교를 공격했고, 결국 그들은 몇 달도 버티지 못하고 전멸하고 말았다.

　'이 모든 게 고작 중소 표국의 표사들에게 놀아난 결과라고?'

　표사들의 손에 혈뇌가 죽지 않았다면 모든 것이 달라졌을 수도 있었다.

　모든 전말을 알게 된 혈마는 머릿속이 복잡해졌다.

　처음에는 표사들이 아니었다면 하고 생각했지만 그들의 원한을 산 것도 결국 혈교였다.

　그들의 표국주를 혈교에서 죽이지 않았다면 이런 일도 벌어지지 않았으리란 말이 아닌가.

　'대체 어디서부터 잘못된 거지?'

　모든 것에 증오와 분노로 사로잡혀 있던 혈마는 인과(因果)를 생각한 적이 없었다.

　인과에서 맺어진 일들이 수많은 갈래로 나뉘어져 수많은 여파를 낳게 된다는 것을 깊게 생각해 본 적도 없었다.

　'모든 것이 대체 어디서 비롯되었단 말인가?'

　만약 자신이 단설하를 사랑하지 않았다면 이런 일이 벌어

지지 않았을까? 아니면 그녀를 강제로 데려가려고 한 욕심이
모든 것을 그르치게 만들었을까?

수많은 인과에 대한 의문에 휩싸인 혈마는 혼란에 빠졌다.

좌우 얼굴이 상반되게 혼란과 허무함이 뒤섞여 있는 혈마
의 얼굴을 바라보며 천마가 물었다. 정확히 말하면 혈뇌에게
말이다.

"천영과, 아니, 검마는 어떻게 한 거지?"

천마의 질문에 혈뇌가 한쪽 눈동자만 움직여 그를 바라보
며 말했다.

"죽였습니다."

"그게 진짜라면 네놈은……."

"…그럴 리야 없지요. 제 손으로 그 아이를 죽일 수 있다고
생각합니까?"

금지된 술법으로 검마를 부활시킨 장본인이 바로 혈뇌였다.

단설하와 자신의 아이가 보고 싶다는 생각에서 저질렀지만
천마의 아들로 자라나 마교인으로 숨을 거둔 검마 천영과가
그를 따를 리가 없었다.

그가 천마가 아닌 자신의 아들임을 알려주고 혈교의 대업
을 따르라고 했지만 오히려 큰 반감과 분노를 샀을 뿐이다.

혈뇌는 결국 극단적인 선택을 해야만 했다.

검마를 세뇌시켜서 그를 자신의 옆에 두려고 했지만 그리

오래가지 못했다.

'만박자 무명 때문이었군.'

만박자 무명이 해준 이야기가 떠올랐다.

그때 세뇌가 풀리면서 검마는 진실을 알게 된 자신의 처지를 비관했고, 혈교를 비롯한 모든 것을 없애고 싶어 했다.

만박자 무명조차 모르는 그의 행방을 혈뇌라면 알고 있지 않을까?

"그 아이를 어떻게 했지?"

"정말 많이 강해졌더군요. 분노가 사람을 얼마나 강하게 만들 수 있는지 그 아이를 통해 알게 되었습니다."

"헛소리 지껄이지 말고 영과의 소재를 말해라."

"본인의 아이도 아니면서 정을 준 것처럼 가증스럽게 말하는군요."

혈뇌의 촌철살인(寸鐵殺人)과 같은 일침에 천마의 눈빛이 날카로워졌다.

자신의 아이가 아닌, 강제로 범해져 태어난 아이였다.

단설하를 사랑하는 마음에서 자식처럼 키웠으나 천마는 끝내 그를 완전히 인정하지는 못했다.

명목상 장자이면서 무공마저 뛰어난 그에게 마교의 차기 교주의 자리를 물려주지 않았으니까 말이다.

실망한 천영과와 그때부터 서먹해지는 계기가 되었고, 천마가 우화등선하는 순간까지도 그 얼굴을 보지 못했다.

그것이 천마에게는 유일하게 현세에 남기고 온 미련이 되어 버렸다.

"그런 눈으로 쳐다보지 마시죠. 그 아이는 무림과 어울리지 않습니다."

얼마 전 검마 천영과가 퇴각하는 삼혈로를 몰래 추적하여 천산에 있는 혈교의 근거지까지 급습해 왔다.

천 년 전의 최고 고수라 할 수 있는 선마혈(仙魔血)의 검법을 모두 흡수할 만큼 뛰어난 재능과 경이로운 무위를 지녔지만, 근본적으로 혈마와의 무위에서 격차가 있었다.

지옥에서 원영신을 열고 마선의 경지에 이른 혈마가 아직 인세의 경지를 벗어나지 않은 검마 천영과에게 패할 리가 없었다.

혈마에게 패하고 단전이 폐해진 그는 혈교의 구금실에 갇히게 되었다.

"구금실에 있다고?"

천마의 두 눈이 흔들렸다.

자신의 손으로 혈교의 근거지인 천산 산맥의 봉우리를 통째로 날려 보냈다.

그런데 혈뇌의 동요가 없는 눈빛을 보니 아무래도 죽지 않은 듯했다.

"그 아이는 어떻게 한 거지?"

비록 혈뇌가 친부이기는 하지만 검마 천영과를 어릴 때부터 키워온 것은 천마였다. 마지막에 와서 서먹해지며 관계가 틀어 졌지만 여전히 어버이로서 미련이 남지 않을 수가 없었다.

"…기억을 지워서 중원무림과 연관되지 않는 곳으로 보냈습 니다."

"그런 곳이 있을 것 같나?"

아무리 벗어나려고 해도 빠져나갈 수가 없는 곳이 무림이다.

북해에서 사랑하는 아내와 여생을 보내려 하던 천마도 천 년 전 음모에 휘말려 다시 나오지 않았던가.

"중원… 북해… 서역… 어느 곳 하나 그렇지요. 아주 먼 옛 날 동쪽 반도에 있는 소국에 간 적이 있습니다. 산세가 아름 다운 곳이었습니다. 듣기로는 지금 그곳은 문인(文人)들의 세 상으로 바뀌었다더군요. 그곳이라면 그 아이도 더 이상 칼과 피바람이 몰아치는 세상에서 멀어질 것이라 생각했습니다."

'동쪽 반도?'

아무래도 동검귀 성진경이 도망쳐 나왔다고 하는 그곳을 말하는 듯했다.

천 년 전이나 현세에도 가본 적은 없었다.

그러나 문인들의 세상이라고 한다면 적어도 무림과 다시 연 을 맺을 일은 없을 것이다.

'그래도 제 놈의 씨라는 건가.'

천마의 눈빛이 씁쓸해졌다.

혈마와 마찬가지로 모든 것을 불태울 화마(火魔)처럼 굴던 혈뇌 역시도 자식 앞에서는 약해질 수밖에 없었다.

만약 천영과에게 해를 입혔다면 용서할 수 없겠지만 그게 아니라면 그 아이를 위해서라도 그게 가장 나을지도 몰랐다.

'그래, 모든 굴레에서 벗어나거라.'

모든 것을 잊고서 스스로를 망가뜨리는 과거에 얽매이지 않고 진정한 자신의 인생을 살아가는 것이야말로 다시 현세에 부활한 천영과에게 가장 큰 보상일지도 모른다.

죽기 전에 모든 전말을 밝히고 나자 마음이 한결 편해졌는지 혈뇌는 구름 한 점 없는 맑은 하늘을 바라보았다.

이 파랗고 창대한 하늘을 정면으로 바라본 게 언제였는지 기억도 나지 않는다.

"당신의 궁금증을 풀어줬으니 저도 마지막으로 하나 물어봐도 되겠습니까?"

죽음을 앞두고 있는 혈뇌가 눈동자를 굴려 천마를 바라보며 물었다.

잠시 말이 없던 천마가 조용히 고개를 끄덕였다.

비록 마지막까지도 서로를 증오하며 목숨을 걸고 싸웠으나 한때 유년 시절을 공유한 옛 지인의 물음이다.

"당신의 몸에서 선기가 강하게 느껴지는군요. 마도를 지향하는 당신이 어째서 선인(仙人)이 되려고 하는… 크아아아아아아악!!"

그러나 혈뇌의 질문이 끝나기도 전에 혼란에 빠져 있던 혈마가 미친 듯이 절규했다.

인과에 대한 번뇌로 인해 머릿속으로 스스로의 과거를 되풀이하던 혈마는 그것을 버티지 못하고 폭주해 버렸다.

"끄아아아아악! 나는 잘못되지 않았어! 나는 잘못되지 않았다고!!"

끝내 모든 진실을 받아들이지 못했다.

천 년이라는 긴 세월 동안 세상에 대한 증오의 감정으로 살아온 남자가 받아들이기에 그 진실은 지금까지 자신이 걸어온 길을 부정하는 것이나 마찬가지였다.

혈마의 전신 핏줄이 징그럽게 일어났다. 스스로의 경맥을 폭주시켜서 죽음을 촉발시키려는 것이다.

'이유를 듣지 못했군요.'

한 육신을 공유하고 있던 혈뇌는 마지막 질문을 마치지 못한 아쉬움이 있었지만, 이내 그 눈을 감고 말았다.

"결국 네놈의 선택이 그것이냐."

천마의 신형이 뒤로 떠올라 온몸이 부풀어 오르는 혈마로

부터 거리를 벌렸다. 그러고는 혈마의 상처 부위를 감싼 유형
화된 마기를 거둬들였다.

푸슈슈슈슉!

잘려 나간 반신에서 피가 터져 나오자 온몸이 부풀어 오르
며 붉게 물들어가던 혈마의 피부색이 점차 연한 보랏빛을 띠
더니 떨려오던 몸의 움직임이 멈췄다.

바로 그 순간 바닥에 붉은 균열이 일어났다.

그와 함께 선기에 억눌려 있던 수많은 손이 죽어 있는 혈마
의 전신을 감쌌다. 그렇게 전신을 감싸던 손들이 무언가를 뒤
지듯이 그의 육신을 헤집어놓았다.

우우우웅!

혈마의 육신에서 탁하면서도 붉은 빛의 혼백 두 개가 수많
은 손에 붙들려 빠져나왔다.

균열로만 이루어져 있던 지옥 입구의 문이 활짝 열렸다.

붉은 빛의 혼백이 강하게 일렁이며 버텨보려고 했으나 더
이상 지옥의 의지를 막아낼 여력 따윈 없었다.

[으아아아아아악!]

원영신을 개방하고 있는 천마의 눈에는 절규하며 발버둥 치
다 지옥의 균열 속으로 끌려들어 가는 혈마의 최후가 보였다.

혈뇌의 혼은 아무런 반항도 없었기에 이미 사라진 지 오래
였다. 혈마가 지옥의 의지에 의해 균열 속으로 끌려들어 가는

순간, 갈라져 있던 바닥이 언제 그랬냐는 듯 닫혀 버렸다.

파스스스스스!

두 혼이 빠져나간 혈마의 육신은 잿빛으로 물들더니 이내 온몸에 실금이 가서 부서져 버리고 말았다.

천마가 꾹 쥐고 있던 현천검의 검신을 검집에 집어넣었다.

지독한 악연으로 맺어진, 천 년을 뛰어넘은 지독한 악연이 이렇게 막을 내린 것이다.

그렇게 흩어진 가루는 차가운 천산의 바람을 타고 처음부터 없던 것처럼 흔적도 남기지 않고 흩어져 버렸다.

"조사님께서 승리하셨다! 혈교의 수장인 혈마가 죽었다!"

"와아아아아아아!!"

혈마의 죽음을 목격한 칠 장로 모자웅의 외침에 살아남은 마교의 교인들과 토벌대의 무사들이 기쁨의 함성을 질렀다.

무림을 절멸시키려는 흑막 혈교와 그 수장인 혈마를 물리친 토벌대의 무인들은 가슴속에서 벅차오르는 뜨거움으로 상기되었다.

'…길고 길었던 그 순간들이 한 줌의 재로 돌아갔다. 이제 끝인 건가.'

길었던 악연의 고리가 완전히 끊겼다.

천 년 동안 유일하게 남겨둔 숙적도, 자식에 대한 마지막 미련도 없어지자 천마에게 끝없는 공허함이 찾아왔다.

바로 그 순간, 그의 눈앞에 믿기지 않는 일이 일어났다.

티 없이 깨끗하던 파란 창공에서 분홍빛 복사꽃 잎이 찬란하게 흩날리며 허공을 수놓았다.

시간이 정지한 것처럼 주변에서 함성을 지르던 사람들의 목소리도 들리지 않았고, 그들의 행동도 멈춰 있었다.

'대체 이게 무슨 조화지?'

이 광경을 볼 수 있는 것은 오직 천마 단 한 사람뿐이었다.

복사꽃 잎이 흩날리는 허공에서 오색 빛이 흘러나오며 따스한 선기가 그를 비추었다.

눈을 동그랗게 뜨는 천마의 귓가로 청명한 아이의 목소리가 들렸다.

[선도를 갈고닦는 반선(半仙)이여, 그대에게 주어진 마지막 과업(課業)을 다 했도다. 그로 인하여 현세의 법도를 일그러뜨리고 인세를 피로 물들일 해악이 다시 원래의 제자리로 돌아갔노라.]

'마지막 과업? 모든 게 무산된 것이 아니란 말인가?'

천마의 두 눈동자가 흔들렸다. 목소리는 하나가 아니었다.

이어서 경건한 여인의 목소리와 부드러운 노인의 목소리가 들려왔다.

[천 년간의 긴 수행 공덕을 마쳤노라. 그대는 마지막 시험을 받아들이고 고통을 견뎌내어 무(武)로서 선도에 들어갈 수 있음을 증명하였도다. 하여 옥청(玉淸)·상청(上淸)·태청(太淸)에서는 그대의 선계 진입을 받아들이노라. 이제 그 허물을 벗고 깨어 나와 완전한 원영신을 이루라.]

'아아아!'

천마의 눈이 감격으로 물들었다.

옥청, 상청, 태청은 선계의 세 천존인 원시천존, 영보천존, 태상노군이 다스리는 삼청이다.

삼청에서 허락했다는 것은 그가 완전한 선인이 되었음을 인정하는 것이다.

하늘에서 내려오는 오색 빛이 천마의 전신을 감싸 안으며 그의 육신이 서서히 흩어지기 시작했다.

선계로 들어가기 위해 육신을 탈피하는 과정이다.

그런 천마의 시야에 열광하고 함성을 내지르는 상태로 멈춰 있는 마교인들이 보였다.

이들로 인하여 선인이 되는 것에 실패하고 인세로 다시 돌아왔다고 여겼지만, 모든 것은 그가 겪어야 할 시련의 과정에 불과했다.

천마가 현천검의 검집을 허리춤에서 풀고 그곳에다가 검지로 무언가를 새겨 넣었다.

그러고는 남은 힘을 다해 바닥에 현천검을 꽂았다.

사르르르르!

그것을 마지막으로 천마의 몸이 허공에 녹아들 듯 완전히 사라졌다.

천산 전체에 흩날리던 복사꽃 잎들은 언제 그랬냐는 듯 사라졌고 멈춘 시간이 다시 움직였다.

함성을 지르는 틈바구니 속에서 철마권 모자웅의 두 눈이 휘둥그레졌다.

방금 전까지 바로 눈앞에 있던 천마가 사라진 것이다.

육안으로 파악하기 힘들 정도로 빠르게 경공을 펼쳐서 모습을 감추었기보다는 처음부터 없던 사람처럼 존재감이 느껴지지 않았다.

"대체 어디로 가셨단 말인가? 앗! 조사님의 검이?"

천마가 있던 자리에는 현천검만이 검집째 바닥에 꽂혀 있었다. 의아한 마음이 든 모자웅은 다가가 현천검의 검집을 뽑아 들었다.

"아!"

현천검을 감싸고 있는 가죽 검집에 천마의 글씨로 보이는 글귀가 새겨져 있었다. 그것을 보는 순간 모자웅은 잠시 황당

해하다가 자신도 모르게 피식 웃음이 나와 버렸다.

나 이제 간다. 도와달라고 칭얼대지 말고 이제 스스로들
알아서 해라.

지극히 천마다운 마지막 말이었다.

종장(終章)

자욱한 안개를 지나면 향기로 가득하고 오색 빛이 찬란한 동산이 있다. 동산 너머에는 푸른 산이 만 겹이고, 맑고 청아한 물줄기가 천 굽이로 굽이쳐 흘렀다. 물줄기는 수많은 호수를 이루었고, 호수는 반짝이는 별들을 담은 것처럼 아름다우면서도 은은했다. 호수 위로는 다른 동산으로 넘어가는 금빛 다리가 있다. 선인이 되었음에도 여전히 검은 무복을 입고 다니는 천마가 별을 담은 호수 위의 금교를 건넜다.

금교를 건너서 도착한 동산에는 깨끗하면서도 하얀 설산(雪山)이 펼쳐져 있었다. 설산이 펼쳐진 세상은 마치 북해를 보는 듯했다. 높은 설산의 산봉우리 아래에 낯익은 작은 초가 한 채가 있고, 눈으로 뒤덮인 곳곳에 동백꽃이 지천으로 피어 있다. 금교를 건너 설산 아래의 초가를 바라본 천마의 발걸음이 빨라졌다.

금방 초가의 문 앞에 당도한 천마는 뛰는 심장을 가라앉히고 붉어진 눈시울로 천천히 문을 열었다.

끼이이이익!

문이 열리면서 따스한 온기가 흘러나왔다. 그러자 화로 앞에 앉아 있는 은발의 단아하면서도 아름다운 여인이 보였다.

천 년이 지나도 잊을 수 없는 그 얼굴이다.

천마의 얼굴에 미소가 감돌았다.

웃고 있는 그의 입술 위로 작고 투명한 물방울이 흘러내렸다.

누군가 말했던가.

동백꽃의 꽃말은 기다림, 애타는 사랑이라고.

『천마님, 부활하셨도다』 완결

초대형 24시 만화방

신간 100%, 샤워실, 흡연실, 수면실(침대석), 커플석, 세탁기 완비

▪ 광명 광명사거리역점 ▪

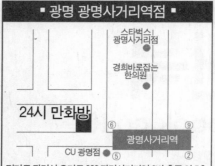

경기도 광명시 오리로 986 광명사거리역 6번 출구 앞 5층
02) 2625-9940 (솔목타워 5층)

▪ 강북 노원역점 ▪

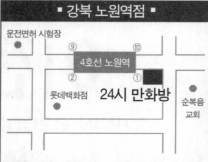

서울 노원구 상계동 340-6 노원역 1번 출구 앞 3층
02) 951-8324 (화용빌딩 3층)

▪ 일산 정발산역점 ▪

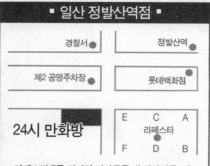

라페스타 E동 건너편 먹자골목 내 객잔건물 5층
031) 914-1957

▪ 일산 화정역점 ▪

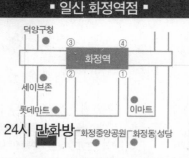

경기도 고양시 덕양구 화정동 984번지 서일빌딩 7층
031) 979-4874 (서일사우나 건물 7층)

▪ 부천 역곡역점 ▪

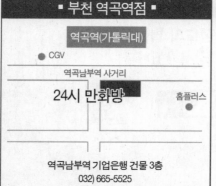

역곡남부역 기업은행 건물 3층
032) 665-5525

▪ 부평역점 ▪

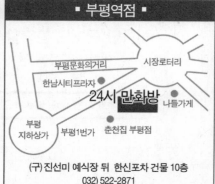

(구) 진선미 예식장 뒤 한신포차 건물 10층
032) 522-2871

신가 新무협 판타지 소설
FANTASTIC ORIENTAL HEROES

弘源 홍원

원치 않은 의뢰에 대한 거부권,
죽어 마땅한 자에 대한 의뢰만 취급하겠다는 신념.
은살림(隱殺林) 제일 살수, 살수명 죽림(竹林).
마지막 의뢰를 수행하던 중, 괴이한 꿈을 꾼다.

"마지막 의뢰에 이 무슨 재수 없는 꿈인가."

그리고 꿈은, 그의 삶을 송두리째 뒤바꾼다.
하나의 갈림길, 또 다른 선택.
그 선택이 낳는 무수한 갈림길……

살수 죽림(竹林)이 아닌,
사람 장홍원의 몽환적인 여행이 시작된다!

Book Publishing CHUNGEORAM

운행이 아닌 자유 추구~
WWW.chungeoram.com

천마신교 낙양지부

정보석 新무협 판타지 소설

FANTASTIC ORIENTAL HEROES

무협武俠의 무武란 무엇을 뜻하는가?
바로 자신의 협俠을 강제强制하는 힘이다.

자신을 넘어, 타인을 통해, 천하 끝까지 그 힘이 이른다면,
그것이 곧 신神의 경지.

일개 인간이 입신入神하기 위해
필요한 것은 무엇인가?

지금, 그 답을 찾기 위한
피월려의 서사시가 시작된다!

Book Publishing CHUNGEORAM

WWW.chungeoram.com

만학검전 종남마검 편

FANTASTIC ORIENTAL HEROES

한성수 新무협 판타지 소설

천하제일인 운검진인과의 대결을 앞두고 사라진
종남파 사상 최고의 제일고수 이현.

그가 나타난 곳은 학문으로 유명한 숭인학관?!

환골탈태 후 절세의 경지에 도달한
이현의 무림기행기!

Book Publishing CHUNGEORAM

FUSION FANTASTIC STORY

성운을 먹는 자

김재한 퓨전 판타지 소설

『폭염의 용제』, 『용마검전』의 김재한 작가가 펼쳐 내는
이제까지와는 전혀 다른 새로운 이야기!

『성운을 먹는 자』

하늘에서 별이 떨어진 날
성운(星運)의 기재(奇才)가 태어났다.

그와 같은 날,
아무런 재능도 갖지 못하고 태어난 형운.
별의 힘을 얻으려는 자들의 핍박 속에서 한 기인을 만나다!

"어떻게 하늘에게 선택받은 천재를 범재가 이길 수 있나요?"
"돈이다."
"…네?"
"우리는 돈으로 하늘의 재능을 능가할 것이다."

Book Publishing CHUNGEORAM

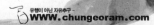